KB074958

무뇌
변호사

신조하 장편소설

다른사인

03

무뇌
변호사

NEON
×
SIGN

프롤로그

사람은 늘 죽는다. 그러니 별일도 아니다. 이이령 변호사는 거울을 보고 흥얼거리며 화장을 고쳤다. 오늘은 피해자 유족들과 합의 논의가 있는 날이다. 피해자 측은 어디 서초동 구석에 있는 '법과 질서'라는 터무니없는 이름의 법률사무소 대리인을 내세웠다. 이이령은 벽에 걸린 서울대학교 로스쿨 졸업장과 하버드 로스쿨 LLM 졸업장, 미국 변호사 시험(Bar exam) 합격장에 이어 범무법인 김앤스미스 퇴사 기념사진까지 한눈에 훑었다. 마음이 더욱 느긋해졌다. 그녀는 진주 귀걸이와 다이아몬드 귀걸이 중에 고심하다가 진주 귀걸이를 선택했다. 기선 제압도 중요하지만, 그래도 사람이 죽은 사건이니 유족 앞에서 번쩍이는 하이엔드 주얼리를 착용하는 게 썩 좋은 생각은 아닌 듯했다.

"회사로 바로 가주세요."

이이령은 대기하고 있던 안드로이드에게 고개를 끄덕였다. 그녀가 최근 거액의 연봉을 제시받고 이직한 IT 회사 '베다(VEDA) 주식회사'는 법무 팀장인 이이령을 위해 개인 비서뿐 아니라 안드로이드 기사까지 제공해 주었다. 전용 안드로이드를 얼마나 소유하는지가 부의 상징이 된 시대에서 이런 복지 혜택은 매력적이었다.

베다는 십 년 정도밖에 안 된 신생 회사지만 가상 현실 게임인 '알터버스(Alterverse)'로 순식간에 세계에서 가장 큰 IT 회사 중 하나로 성장했다. 이후 베다는 이이령 같은 변호사들을 공격적으로 영입했고 그녀는 회사가 자신을 모시기 위해 제공한 여러 가지 혜택이 기꺼웠다. 오늘은 회사가 그녀에게 제공하는 여러 혜택과 넘치는 연봉에 부응할 때였다. 알터버스는 자체 개발한 시뮬레이션 엔진과 기기로 유저들의 뇌파를 분석한 뒤 메타버스에서 그들의 캐릭터 '알터(alter)'와 그들의 파트너 개념인 '컴패니언(companion)'을 정교하게 구현해 전 세계적인 인기를 끌었다. 알터버스 속 알터는 유저의 뇌파가 흥분하는 정도를 측정해 자신이 욕망하는 캐릭터 모습과 테마를 맞춤형으로 제공해주었고, 게임은 알터버스의 중독 문제가 대두될 정도로 대성공을 거두고 있다.

회사는 각종 규제들을 회피하고 법적 문제를 해결하기 위해 여러 대형 로펌에서 데려온 변호사 군단을 꾸렸다. 그럼에도 문제는 끊임이 없었다. 촉각까지 구현해낸 기술 덕분에 가상공간에서의 성매매는 기본이요, 해킹을 통한 버추얼 마약 거래, 사기, 조직폭력배들의 자금세탁까지. 이제껏 이이령의 법무팀은 각종 연줄과 인맥, 법 기술을 동원해 공론화를 막아왔다.

이번 사건은 비교적 사소한 편에 해당한다. 그저 한 유저가 자살했고, 유족들은 게임 회사에 책임을 묻고 있었다. 흔히 있는 일이었다. 자신들의 문제를 어떻게든 외부에서 찾고 싶은 지리멸렬한 인간들. 열여섯 살 청소년이 알터버스에서 플레이를 하다가 그 영향으로 자살했다는 것이다. 사람은 매일 여러 이유로 죽는데, 이런 시시한 이유로 회사에 시비를 걸거나 손해배상 소송이니 회사의 사과문이니 해명문이니 하며 귀찮게 하는 이들에게 이이령은 시간을 크게 할애하고 싶지 않았다. 최근 베다는 미국 회사와 중요한 인수합병을 준비하고 있었고, 그녀는 기업 범무팀의 팀장에게 그 업무를 빼앗길 생각이 전혀 없었다.

이이령은 자신의 넓은 78층 사무실에서 여유롭게 이메일들을 보다가 회의실로 향했다. 이미 약속 시간보다 십오 분이 늦었다. 협상이라는 건 결국 누가 힘의 우위를 보이는지에 따른 것이고 돈의 우위, 정보의 우위, 법적 실력의 우위는 모두 회사의 것이었다. 이이령은 자신감 있게 회의실 문을 열었다.

회의실 가장 상석에 여유롭게 앉은 그녀는 거대한 원목 탁자 반대편에 앉아 있는 세 명을 찬찬히 바라보았다. 오늘 그녀가 처리해야 할 업무는 이게 전부였다. 이것만 잘 해결한다면 오후에는 베다의 임원 회의에 참석해 자신이 이번 인수합병 법률 실사의 총책임자로 적합하다는 의견을 적극 피력해볼 수 있을 터였다.

피해자의 부모로 보이는 중년 남녀와 맨 오른쪽에 그들의 대리인인 듯한 남자가 보였다. 예상했던 것보다는 젊고 훤칠한 변호사였다. 단정한 검은색 쓰리피스 슈트에 회색 와이셔츠, 시원시원한 이목구비를 살펴보다가 그녀는 상대 변호사의 눈동자가 묘하게 밝고 빛난다는 것을 눈치 챘다.

그녀도 소문을 들은 적이 있다. 인공두뇌를 머리에 넣고 다니는 사이보그 변호사. 요즘 세상에 사이보그야 흔한 것이지만 뇌를 기계로 대체한 사람, 그러니까 무뇌 변호사는 눈앞의 남자 외에는 없을 것이다. 결국 이런 사건을 주워먹으면서 변호사 일을 하나보군, 하고 이이령은 속으로 혀를 찼다. 그에 대해서는 여러 얘기가 있지만 그녀가 제대로 기억하는 이야기는 없다. 성격이 더럽다느니, 취업을 못 한다느니, 아무도 맡지 않는 안드로이드 변호를 주로 한다느니 그런 얘기들을 변호사들과의 술자리에서 들었던 것도 같다. 변호사협회가 그에게 변호사 자격시험 합격증을 주는 것이 타당한지에 대한 내부 회의를 이틀 내내 했었다는 소문도 돌았다. 어떤 여자 변호사가 그가 잘생겼다는 말을 했고, 그러자 옆에 있던 남자 변호사가 실실 웃으며 이런 말을 했었다.

"예전에 재판에서 봤었는데, 섬뜩하더라고. 인간도 아닌 것 같은 게 변호사 행세를 하는 거 같아서."

그 이후로 이이령은 이 무뇌 변호사에 대해 아무런 관심도 가진 바 없었다. 운 나쁜 이들의 삶은 그녀의 관심 밖이었다.

"안녕하세요. 베다의 이이령 서비스 법무 팀장입니다."

"늦으셨네요. 이 회사에 근무하시는 거 아니었나요?"

이이령은 변호사의 빈정거리는 말에 기분이 상

했다. 그녀보다 먼저 와 착석한 사내 법무팀 변호사 둘이 무슨 말을 들었는지 안절부절못하는 것도 이이령의 눈에 거슬렸다. 그녀는 최대한 친절한 미소를 지으며 얼버무려 사과했고, 서로의 태블릿으로 명함을 교환했다. '법과 질서'의 김호인 변호사. 그녀는 명함에 적힌 주소를 떠올렸다. 안드로이드들의 숙소가 많고 치안이 좋지 않은 지역에 임대료가 터무니없이 싼 동네였다. 그녀는 다시 한번 마음이 편해졌다. 그걸 아는지 모르는지 김호인 변호사는 시건방진 표정을 지우지 않았지만.

"저희가 원하는 것은 하나입니다. 재영이가 자살한 게 아니라, 이 알터버스의 기술적인 결함 때문에 자살로 내몰렸다는 걸 인정해달라는 겁니다." 중년 여성이 침착하게 얘기했다.

"어머님." 이이령은 김앤장 시절 변론을 도맡아 할 때마다 사용한 호소력 있는 표정과 목소리를 끌어내었다. "얼마나 마음이 아프세요."

"풋."

이이령은 소리가 난 곳을 돌아보았다.

"아 죄송합니다. 방금 재미있는 생각이 떠올라서." 김호인이 입을 슬쩍 가렸다. 이이령은 눈썹에 힘을 주었다.

"지금 박재영 군 대리인께서는 합의에 별로 진지하신 것 같지가 않네요?"

"네, 뭐. 사실 그렇습니다. 지금 여기 뭐 서로 좋은 얘기하려고 모인 건 아니잖습니까."

"그럼 왜 오셨죠?" 이이령의 목소리가 날카로워졌다.

"조금 협박을 하려고요."

"뭐라고요?"

이이령은 이 변호사가 예상과 달리 막 나가는 부류라는 생각이 들자 사전 조사를 하지 않고 온 것이 후회되었다. 저놈의 별 볼일 없는 경력을 의뢰인들 앞에서 자근자근 씹어주면 저런 건방진 태도를 꺾을 수 있을 텐데. 그녀는 옆에 앉은 쓸모없는 법무팀 변호사에게 사나운 눈빛을 보냈다. 최근 입사한 법무팀 신입 변호사는 그녀의 신호를 눈치 채고 황급하게 태블릿을 두들기기 시작했다.

"아, 협박이라고 하니 조금 없어 보이네요. 협박이 아니라 저희의 요구 조건을 들어주지 않으면 회사에 굉장히 큰 손해가 발생할 것이라는 얘기를 하러 왔습니다. 아마 조만간 있을 인수합병에도 영향을 미치겠죠."

그게 그거잖아! 미국 회사와의 인수합병은 아직

기밀인 사항이었다. 이이령은 이 소형 법률사무소에서 나온 변호사가 자신들의 기밀 사항을 알고 있다는 사실에 갑자기 등에서 땀이 흘렀다.

"조심해주시죠, 변호사님. 저희 베다는 지금 고인을 생각해서 유족분들을 대우하고 있는 겁니다. 하지만 유저의 불행을 이용해서 회사에 대한 근거 없는 소문을 퍼트리시면, 법적조치는 아마 '법과 질서' 측에서 책임지시게 될 텐데요."

"지금 저희 아이가 죽었습니다." 박재영 어머니의 표정이 일그러졌다. "회사가 지금 책임을 운운할 때인가요?"

이이령은 성가셨다. 기선 제압에는 실패했지만, 여전히 베다는 우위를 점하고 있었다. 그녀는 자살한 아들이 부모와 사이가 좋지 않다는 사실을 알고 있었다. 아들은 정신과 치료를 자주 받았으며, 그 부모는 소위 말하는 독실한 종교인으로, 교회에서 매주 개최하는 안드로이드와 고등인지기기들에 대한 반대 시위도 참석한 바 있었다. 당연히 아들은 현실이 아닌 알터버스에서 많은 시간을 보냈을 것이고, 부모는 더욱 마뜩지 않아했을 것이다. 과연 이런 상황에서 베다에 자살의 책임을 물을 수 있을까? 게다가 이이령은 결정적인 영상까지

가지고 있었다.

"차라리 이런 대화가 낫죠. 사과문 발표 그리고 손해배상 이백억 원. 그거면 되겠습니다."

저 뻔뻔한 태도가 뇌도 커리어도 없는 자신의 결핍을 극복하는 하나의 방안인 모양이라고 이이령은 애써 납득했다. 그녀는 서둘러 이 시간 낭비인 회의를 마치고 싶었다.

"글쎄요. 저희가 가지고 있는 아드님의 플레이 영상을 보시고도 그렇게 말씀하실 수 있을까요? 이 변호사, 영상 띄워."

어두워진 회의실 가운데에 직사각형 모양으로 비워진 공간에서 홀로그램이 둥실 떠올랐다. 박재영의 플레이 영상 중 일부였다. 아들의 분신, 즉 알터는 박재영과 똑같은 모습을 하고 있었다. 캐릭터 특성상 좀 더 오밀조밀하고 귀여운 보정이 들어갔지만 긴 팔다리에 더벅머리, 크고 쌍꺼풀 진 눈, 작은 코와 입, 그리고 그가 애용했던 패션 아이템인 뿔테 안경까지 완벽하게 구현되었다. 그의 컴패니언 캐릭터는 아름다운 금발 머리를 한 벽안의 엘프 모습으로, 판타지소설의 전형적인 등장인물 같았다. 두 캐릭터는 판타지 세계 속에서 함께 괴물들을 사냥하는 중이었다. 박재영의 알터가 말을 시작했다.

— 난 정말 이게 현실이면 바랄 게 없을 거 같아.

— 현실은 꿈이고, 밤의 꿈이야말로 진실이라는 얘기가 있지.

금발의 여성 엘프 캐릭터가 대꾸했다.

— 바깥 세상은 괴로움뿐이야. 거기서의 나는 없어도 되지 않을까? 여기는 너도 있고, 다른 친구들도 있고, 모두가 나를 이해해줘. 하지만 밖에서는 진정한 내가 될 수 없어. 불행할 뿐이지.

— 지금 이 시간을 즐기면 되잖아.

— 아냐, 부족해. 나는 이 삶이 진짜 내 삶이었으면 좋겠어.

그러자 금발의 캐릭터는 입을 다물었다.

— 현실은 꿈이고 밤의 꿈이야말로 진실이라니, 정말 맞는 말 같아.

박재영을 닮은 분신이 계속해서 중얼거렸다.

— 그래? 어떤 추리소설 작가가 한 말이래.

— 멋진 말이야, 정말. 우리가 진실이야. 그렇지? 그렇다면 현실 세계는 필요 없다는 거지. 꿈은 깨면 없어지는 것이니까.

— 하지만 현실 세계도 중요하지 않을까?

엘프가 그를 달래듯 뭔가를 말하려고 노력했지만 박재영의 모습을 한 알터는 단호했다.

— 아니. 정말 중요한 건 여기야. 현실에서 나를 받아줄 곳은 그 어디에도 없어. 부모님도 학교도 사회도, 나에게 줄 것은 고통뿐이야. 나를 봐, 이건 내 진실한 모습이 아니잖아! 밖으로 나가면 영원히 이렇게 살아야 한다고!

— 영원히?

— 그래, 영원히. 그러니까 우리가 있어야 할 곳은 오로지 여기야.

이이령은 영상을 멈췄다. 박재영의 부모는 울고 있었다. 제 아이가 괴로워하고 있다는 것은 알았지만 저렇게까지 도피를 원하는지는 몰랐던 것이다. 아들의 목소리로, 아들과 똑 닮은 귀여운 알터 아바타가 도망을 원하는 걸 보고 그들은 그저 눈물을 흘렸다. 그들은 알터버스가 뭔지, 가상 세계에서 아들이 어떤 삶을 살고 있는지도 알지 못했다.

이 변호사가 부모에게 티슈를 건넸다. 그러면서 본인도 연신 눈 주위를 티슈로 찍었다. 이이령도 아들을 가진 어머니로서 당연히 안타까운 마음이 들었다. 하지만 동시에 승리의 확신에 미소가 지어졌다. 법무팀은 박재영이 죽기 전에 남긴 이런 유사한 대화 영상을 대여섯개 이상 확보하고 있다. 만에 하나 정말 법정에 가더라도 이는 이미 자신의 삶을 비관하는 청소년의 심리 상태를 보여주는 증거지, 베다의 알터버스가 문제라는 증거는 되지 않을 것이다.

"저희 서비스팀이 법무팀에 전달해준 영상입니다. 어렵게 복원해냈지요." 알터버스에서의 지극히 개인적인 플레이는 어디에도 저장되지 않는다는 것이 베다의 공식 입장이지만, 법무팀은 항상 육 개월의 시간을 두고 삭제할 것을 권고했다. 바로 이런 때 사용하기 위해서다. 마음에 걸리는 점이 하나 있었지만, 이이령은 애써 자신의 양심을 잠재우며 오후에 있을 임원 회의를 생각했다. 임원 회의에서는 좀 더 공격적인 이미지를 보여주는 것도 나쁘지 않을 것이다.

"아하, 이것 때문에 그렇게 자신만만하셨군."

김호인이 삐딱하게 치켜든 고개를 끄덕였다. 옆에 앉은 부모는 고개를 떨구고 있었다. 영상에 따르면 박재영은 알터버스가 아닌 본인 스스로의 문제로 현실에서 도피하고 있던 것이다. 박재영의 아버지가 용기를 내어 고개를 들었다.

"하지만 재영이의 친구들이 그랬습니다. 재영이가 이 게임을 시작하고 난 후부터 자살 충동에 시달렸고, 게임이 자꾸 자신을 코너로 모는 것 같기도 했다고요……. 재영이뿐 아니라 유사한 사례들 제보도……."

　　"아버님." 이이령이 그의 말을 막았다. "제가 여기 나온 것은 아버님과 싸우거나 재영 군에 대해 이러쿵저러쿵 말을 하고자 함이 아니에요. 그저 이 영상을 보고 진실에 기반한 합의 논의를 했으면 해서입니다."

　　이이령은 이 회의가 막바지에 달했음을 직감했고, 그녀의 기분은 고조되기 시작했다. 위로금으로 푼돈을 쥐어주고 더 이상 문제 제기를 하지 않겠다는 기밀유지협약서에 사인하게 한다면 임원 회의에서 적어도 오 분은 더 발언할 수 있을 것이다. 이이령은 미소를 숨기고 침통한 표정을 능숙하게 덮어썼다. 얄미운 기업 법무팀장을 이 기회에 누른다면 임원으로 가는 길이 보다 쉬워질 것이라는 생각에 가슴이 떨렸다.

　　"박재영 군이 여러 개인 사정과 성정체성에 대한 혼란으로 심적인 어려움을 겪고 있었다는 사실에 대해서도 안타깝게 생각합니다. 하지만 어머님, 아버님, 이 사건을 공론화하여 혹시라도 저 영상이 유출된다면, 아니면 법정에서 증거로 쓰인다면 그게 과연 고인의 명예를 위해서라도 좋은 것일지……. 저도 잘 모르겠습니다."

회의실에 깊은 침묵이 가라앉았다. 이이령이 구석에 앉아 있는 박 변호사에게 기밀유지협약서와 위로금 수령 확인서를 띄우라고 손짓할 때였다. 시건방진 자세를 풀지 않던 사이보그 변호사가 갑자기 탁자를 똑똑하고 두들겼다. 무례할 정도로 큰 소리였다. 이이령은 자꾸 분위기를 흐트러뜨리는 그에게 본격적으로 호통을 치기 위해 숨을 들이쉬었다. 그러나 이어진 그의 말에 그녀는 바로 숨을 삼켰다.

"저 영상, 어느 쪽이 박재영 군 캐릭터입니까?"

"……네?"

"저 남자 캐릭터랑 여자 캐릭터 중에 누가 박재영 군이냐고요."

법무팀의 두 변호사가 눈에 띄게 몸이 굳는 것을 김호인이 응시했다. 이이령의 얼굴 역시 하얗게 질렸다. 사이보그 변호사는 모든 것을 안다는 듯이 이 순간을 즐겁게 음미하는 듯했다. 그의 빛나는 눈빛에서 사냥감을 보는 날카로움이 스며 나왔다. 이이령은 침착하려고 애썼다.

"그…… 그게." 하지만 그녀는 자신도 모르게 말

을 더듬었다. 박재영의 부모는 어리둥절한 표정으로 김
호인과 이이령을 번갈아 바라보았다. 이이령은 설마설
마하며 머리에서 필사적으로 답을 쥐어짜내었다. "보시
는 대로입니다. 당연하게요."

"그러니까 당연하게 누구냐고요."

이이령은 앞이 캄캄해지는 게 느껴졌다. 이 사이
보그 변호사가 어떻게 알았을까? 회사 내부에서도 본인
과 담당 변호사들 외에는 모르는 극비 사항이었다.

"당연히 저 엘프가 박재영 군이죠?"

김호인이 손가락으로 영상을 가리키며 히죽 웃
자 이이령은 눈을 질끈 감았다. 오늘 임원 회의는 아무
래도 참석이 어려울 것 같다. 인수합병 업무에서는 배제
될 것이고, 앞으로 회사 생활은 그녀의 기대대로 펼쳐지
지 않으리라는 예감이 스쳐갔다.

저 영상에서 박재영의 모습을 하고 있는 건 바로
알터버스 프로그램이 만들어낸 박재영의 컴패니언이었
다. 박재영은 금발의 엘프였고.

알터버스의 프로그램이 아무리 유저의 무의식을
읽어낸다 할지라도 유저에게 저런 발언들을 하는 것은
명백히 법적인 귀책사유가 된다. 베다의 개발자들은 어

떻게든 유저들을 알터버스에 일 초라도 더 머무르게 하고자 컴패니언에게 유혹자의 역할을 부여했는데, 이들은 유저의 생각을 읽어내 그들이 알터버스에서 머무를 여러 이유를 만들어주었다. 박재영 군의 경우에는 그것이 과했다. 이미 심리적인 어려움을 겪고 있던 청소년에게 현실에 대한 지속적인 부정, 부인, 그리고 도피를 유도하고 암시한 점은 분명히 선을 넘은 것이었다.

"사측에서 이렇게 거짓으로 유족을 협박하려고 하셨다니……." 김호인은 고개를 절레절레 흔들었다. "충격이네요."

이이령은 그를 노려보았다. "제가 저 컴패니언이 박재영 군이라고 말씀드린 적은 없는데요."

법무팀은 처음 이 영상을 보고 당황했었지만, 이이령이 아이디어를 냈다. 그저 사실을 말하지도, 부인하지도 않은 채 영상을 보여주고 협상을 종결시키자고. 그의 부모는 당연히 박재영과 똑같은 캐릭터를 자신의 아들이라고 생각할 것이었다. 그리고 영상을 실제로 본 대부분이 그렇게 생각했다.

"아, 그걸 미필적고의라고 하나요?" 김호인이 빈정거렸다. 그의 눈은 여전히 날카로웠다.

이이령은 한숨을 쉬었다. 긴 하루가 될 것이었

다. 고조되었던 기분이 찬물을 뒤엎어 쓴 것처럼 무거워
졌다.

"원하는 걸 다시 말씀해주시죠." 그녀는 이제 하
얗다 못해 파랗게 질려가는 이 변호사에게 지시했다.
"법무팀 모두 들어오라고 해."

사이보그 변호사는 이제야 만족스러운 듯 웃었
고, 박재영의 부모도 이제야 진실을 파악하고 입을 손으
로 막은 채 경악했다. 사이보그 변호사는 계속 그들을
위로했다. 그리고 무엇인가 생각난 듯 이 변호사에게 한
손을 올려 손짓했다.

"아, 이영한 변호사님. 저는 더블 샷 캐러멜 마키
아토요."

이영한 변호사는 깜짝 놀라 대답했다. "아…… 예
예, 네."

패배감이 온몸을 감쌌다. 도대체 어쩌다가 한순
간에 이렇게 분위기가 역전된 걸까? 분명히 삼십 분 전
까지만 해도 승리를 확신했는데. 이이령은 눈을 질끈 감
았다. 그녀의 머릿속에 한 가지 의문이 들었다. 내가 우
리 팀원들을 소개시켜준 적이 있던가?

술자리에서 취해 떠들던 한심한 동기 변호사의

말이 스쳤다.

"그 자식 기괴하더라니까. 기계가 어찌나 변호사 흉내를 뻔뻔하게 잘 내는지. 마치 내 생각이라도 읽는 것처럼 행동하더라니까……."

피 흘리지 않는 제물

1

원수를 사랑하는 것은 쉽다.

그 원수가 내 손에 죽어주기만 한다면 말이다.

"그는 죽어 마땅한 자였소. 그렇게밖에 설명할
수가 없소."

내 옆에 앉아 있던 ALP(대체노동제공자) 및 기타
사용 안드로이드 권익위원회의 김익환 소장이 자신의
머리를 쥐어뜯으면서 괴상한 신음 소리를 냈다.

"그놈의 입 좀 다물라고! 제발!"

사람 좋은 김익환 소장의 얼마 없는 머리숱이 더
희미해질 예정이었다. 그리 크지 않은 키에 각진 얼굴,
다부진 어깨와 짧지만 굵은 다리로 부지런히 안드로이

드들의 권리를 위해 이리 뛰고 저리 뛰는 그는, 내가 아는 소수의 좋은 사람 중 하나였다. 그는 안드로이드를 자녀로 입양한 후 안드로이드를 위한 더 나은 세상을 만들겠다고 다짐했다. 그 신념 하나로 힘겨운 길을 선택해 걷고 있지만, 그에게도 이번 사건은 쉽지 않은 듯했다.

우리는 지금 살인을 저지른 안드로이드를 어떻게든 변호해야 하는 처지에 놓여 있다. 1차 공판이 일주일 뒤다. 그런데 살인범인 안드로이드가 전혀 협조적이지 않았다.

"거짓말은 못 하오."

저렴한 불법 언어 모델이 설치된 탓에 사극 톤의 말투를 사용하는 이 아름다운 안드로이드는 한 달 전에 사람을 죽였고, 방금 전 내 의뢰인이 되었다.

안드로이드가 일으키는 사상 사고는 흔한 일이 아니지만 전혀 없는 일도 아니었다. 대부분의 경우 형식적인 절차에 따라 고용주가 손해배상을 얼마나 해야 하는지가 쟁점일 뿐이었다. 살인로봇이라는 거창한 단어들로 이런 사상 사고가 언론을 장식하던 때도 있었지만, 그런 헤드라인의 유행은 이미 지나갔다. 기업을 상대로 힘겨운 싸움을 하느니 약간의 합의금과 ALP '폐기'라는 처분에 그럭저럭 만족하는 것이 바로 안드로이드 사상 사건이었다. 안드로이드는 자신들이 폐기된다는 걸 크게 두려워하지 않는다. 즉, 소송의 필요성을 절실하게 느끼지 않는다는 얘기다. 따라서 변호사들에게 이들은 좋은 고객이 아니었다.

하지만 우리 '법과 질서' 법률사무소에는 실리콘 뇌를 장착한 기계 변호사가 있다는 평판 덕분인지 안드로이드 관련 사건들이 종종 들어왔는데, 대부분 안드로이드 권익 단체들의 의뢰였다.

몇 달 전에도 군부대 경계초소 안드로이드가 소총을 발사해 일어난 민간인 사망사건 국가배상 소송을 처리한 바 있다. 물론 나는 경계초소에서 근무 중이던 군용 안드로이드를 변호했었다. 늦은 밤이었고, 안드로이드는 구형인 데다 레이저나 초음파 기능 따위도 장착되지 않은 그야말로 정찰 대리용 안드로이드였다. 그는 비 오는 밤에 출입 금지구역에서 밀회를 나누는 연인 한 쌍에게 소총을 발사했고 남자는 즉사, 여자는 경미한 부상을 입었다. 해당 ALP는 폐기 처분은 면했지만 전기를 여유롭게 충전할 수 있는 국가기관에 다시는 고용되지 못할 것이다. 국방부는 자신들의 관리 소홀로 기계 결함이 발생했다는 걸 결코 인정할 수도 없고, 인정해서도 안 되는 입장이었으므로 그 시간, 그 날씨에 군사 출입 금지구역에 무단으로 침입한 두 사람을 맹렬히 비난하며 몰아세웠다.

국방부에서 교묘하게 언론보도를 낸 결과 종국에는 여자가 남자를 죽이기 위해 일부러 금지구역에 침입했다는 음모론까지 각종 피드에 퍼진 상황이었다. 사망한 피해자의 친구의 친구의 여자 친구가 전하기로 둘이 전날 큰 다툼을 했다는 확인할 수 없는 증언들이 나왔고, 수차례의 재판 끝에 국방부의 승소라고 볼 수 있는 결론이 났다. 국방부는 여자를 국방 보안법 위반죄로 고소하지 않는 조건으로 합의금을 획기적으로 줄였고, 안드로이드는 다시는 국가기관에 취업하지 못하는 조건으로 민간에 방출되었다. 운이 좋다면 아마 민간 군사기업에 고용되었을 수도 있다. 어쨌든 사망 사고가 있었던 것치고는 운이 좋은 편이었다. 그 안드로이드나 그를 변호했던 나나 말이다.

"나는 정정당당하게 재판받겠으니, 변호사님은 본인의 소임을 다해주시게."

아마 내 운은 지난번 사건으로 다 동이 난 모양이었다. 한 달 전 김익환 소장은 들뜬 얼굴로 우리 사무실을 방문했었다. 불법적인 성매매 사업에 동원되던 안드로이드가 견디다 못해 포주를 죽였다는 소식을 전해주면서. 양갈비를 다듬는 예리한 나이프로 목의 경동맥과 심장을 정확히 찔러 단칼에 죽인 영웅적인 안드로이드! 그 안드로이드가 심지어 당사자 심판청구권을 행사했다는 얘기에 김익환 소장은 극도의 흥분 상태였다. 인간에게 억압받고 불법적인 일에 강제로 동원된 불쌍한 안드로이드가 분연히 일어나 제 권리를 위해 싸우고자 하다니, 수년간 안드로이드들의 권리를 위해 분투한 김익환 소장에겐 꿈꿔오던 순간이었을 것이다. 더불어 이미 모든 언론사뿐 아니라 각종 사이버 피드에서 화제가 되고 있는 만큼 위원회를 후원하는 재단으로부터 쏠쏠한 후원금도 들어오지 않을까 기대하는 마음도 있었고.

지난 수년간 김익환 소장은 운영비를 아낀다고 수시로 식사 시간에 우리 사무실을 찾아왔다. 점심, 저녁과 커피를 얻어먹는 그를 지켜본 나로서는 안타까운 마음도 들었지만 한편으로는 괘씸한 생각도 들었다. 사건이 일어난 직후에는 자랑을 하러 오더니, 그저께가 되어서야 우리 사무실에 이 사건을 가져와 맡아달라며 통사정을 하는 것이었다. 유명한 사건인 만큼 큰 법무법인들이 홍보용 프로 보노(Pro Bono) 사건으로 수임하려 했을 것이다. 하지만 실상을 알고 나자 모두가 수임을 포기하고 사임했다.

사건의 실체가 악덕 포주를 살해한 가련한 안드로이드의 불가피한 사고가 아니라, 아무리 봐도 살짝 돌아버린 안드로이드가 자신의 고용주인 재벌 회장을 가차 없이 살해한 사건에 좀 더 무게가 실리기 시작했기 때문이다.

"제 소임이 뭔지 어떻게 아시고?"

의도하진 않았지만 약간 삐딱한 답변이 나왔다. 김익환 소장은 이제 아예 고개를 절레절레 내젓다 못해 밖으로 나갔다. 아마 담배를 태우기 위해서일 것이다. 그러거나 말거나 안드로이드는 꼿꼿했다. 구치소라는 표현이 과분한 '안드로이드 전용 구치소'는 최소한의 전력 충전만을 허용하는 곳임에도 외관과 어울리지 않는 강함을 풍겼다. 안드로이드의 공격적인 행동을 막고자 전류가 통하지 않는 합성 물질 기반 자재로 지어진 구치소는 마치 거대한 고래 위장 안에 들어온 듯한 기괴한 느낌을 주었다.

"피의자를 위해 최선의 변호를 하는 것 아니오?"

"피의자가 자살하겠다는 선언을 하는데 어떻게 최선의 변호를 합니까?"

"자살을 하겠다는 말은 아닐세." 내 삐딱한 태도에 그는 기껍지 않은 듯했다.

"그럼 정확히 이 재판을 통해 얻고자 하는 게 뭔지를 설명해달라 이겁니다. 그래야 정상참작이라도 구해보죠."

안드로이드는 내 말에 고민하는 표정을 지었다. 신기한 모델이었다. 표정에 따라 시시각각 얼굴의 느낌이 바뀌었다. 인조 피부의 나노 조직들이 안드로이드의 감정 신호에 따라 재배열되는 원리인 듯했다. 누가 어떤 목적을 위해 이렇게 개조했는지 짐작이 간다. 보통 이런 무허가 개조는 불법적인 성매매 서비스 제공자들이 그들에게 고용된 안드로이드를 시술하는 경우가 대부분이었다.

"나는 그저 재판을 받기 바라오."

"그러니까 왜, 입니까?"

"박호근은 죽어 마땅한 자였소. 그 사실을 알려야 하오."

나도 저 권익위원회 소장과 같은 자세로 머리를 쥐어뜯고 싶은 심정이었다. 안드로이드가 살인을, 그것도 계획 살인을 자백하는 데 있어 도대체 어떤 변호사의 소임이 필요하단 말인가. 나의 가장 큰 걱정은 이 미친

소리를 하는 기계가 사실은 미친 것 같지 않다는 데 있었다. 그의 양자 두뇌에서 새어 나오는 신호들은 지극히 정상으로 보였다. 차라리 고장이 났다고 하면 정상참작의 여지라도 있을 것이다.

사상 사고를 낸 기존 ALP들의 사고 원인이 대부분 전자두뇌의 고장이나 신호 입력의 오류 때문이라는 걸 고려하면 난감한 일이었다. ALP가 사회에 스며든 지 오십 년, 슈퍼 인공지능들이 지구라는 벌집의 여왕벌이자 관리자가 되었다면 안드로이드 노동자들은 시스템의 명령을 충실히 수행하는 일벌들이다. 인간은 관리자도, 노동자도, 완벽한 방관자도 되지 못한 회색 지대에서 우왕좌왕하는 중이고. 그 가운데서 ALP의 권익 증진을 외치는 목소리는 점점 거세지고 있었다.

인공대체인력 및 고등인지기기들에 대한 관리법 제256조. 인공대체노동제공자 또는 고등인지기기에 의한 범법 행위 등이 발생할 경우, 해당 노동제공자 또는 기계의 의사에 따라 자신의 행위에 대한 정식 재판을 청구할 수 있으며, 이 경우 형사소송법에 준하여 절차를 진행한다.

십 년 전에 신설된 이 법 조항을 두고 인간들은

장장 오 년을 다투었다. 시민 단체, 공공기관, 법조인, 학자 들 모두가 안드로이드와 같은 '사고할 수 있는 기계' 들의 고의를 판단할 수 있는지에 대해 열띤 토론을 벌였다. 그 덕분에 서울 최고급 호텔에서 프랑스 요리를 하던 안드로이드가 갈비를 뜨던 칼로 제 고용주를 찔러 살해했을지라도 그가 원한다면 재판을 받을 수 있게 된 것이다.

"그런 말로는 배심원들의 반감만 살 겁니다. 안드로이드의 형사재판은 인간 배심원들의 평결을 받아야 하고, 인공지능 판사 역시 배심원들의 결정에 기속되기 때문에 잘 생각하셔야 합니다, 유미 씨."

"그건 내 알 바 아니오."

나는 어떻게 대화를 이어야 할지 고민했다. 때가 껴 허옇고 반투명한 실리콘 천장에 달린 거대한 팬이 돌아가는 소리만이 이 널찍한 공간을 채웠다. 안드로이드용 구치소는 지나치게 밝은 데다 모든 공간이 넓고 텅 비어 있어 인간에게는 참기 어려운 곳이었다. 나는 목을 가다듬었다.

"그럼 그 시나리오를 한번 구체화해봅시다. 인간들은 추상적인 말을 듣지 않아요. 뭔가 메시지를 주고 싶다면 서사가 있는 이야기를 하는 게 중요합니다. 당시에 그 일이 일어났을 때, 어떤 감정을 느꼈습니까? 두려움이 컸나요? 인공 기억은 왜곡된 인지를 불러일으키기도 한다는 연구 결과도 있습니다. 박호근이 폭력을 행사하거나 강압적으로 다른 피해자들과의 성관계를 강요해서, 그러니까…… 당황했고 무서웠겠죠. 그런 방향으로 갑시다."

눈앞에 있는 이 김유미라는 이름을 가진 안드로이드는 최고급 5성급 호텔이 제공하는 VVIP 서비스 중 하나였다. 그녀의 '업무'에 대한 기억 파편들이 내 인공 두뇌 속 해파리를 통과해 영상처럼 망막을 스쳤다. 별로 보고 싶지 않은 장면이지만, 나는 애써 표정을 관리했다. 하지만 김유미의 대답은 의외였다.

"아니, 딱히 무섭지는 않았소."

김유미가 단호하게 대답했다.

"그날 1809호에 들어갔을 때 나는 박호근이라는 인간은 존재하지 않는 것이 마땅하다는 사실을 깨달았소. 그게 전부요."

김유미의 이런 발언들은 이미 언론을 통해 일파만파로 퍼졌다. 정의로운 심판자 로봇의 등장이라는 등의 자극적인 표현들이 각종 피드를 떠돌았다. VVIP 고객들의 취향에 맞춰 만들어진 고급스럽고도 귀여운 외

모, 그에 반해 언어 모델이 저 모양이라 사극 드라마를 연상시키는 말투의 불일치가 오히려 그녀의 매력을 극대화시킨다는 평이었다. 심판자다운 면모를 잘 드러낸다는 얘기도 있었다.

SNS에서는 각 채널의 간판 연예인들과 각종 엔터테인먼트 피드에서 버추얼 배우로 활동하는 이들, 단순히 이슈를 쫓아다니는 작자들이 앞다퉈 김유미를 지지하는 선언을 냈다.

흉악범을 변호하는 것이 변호사로서 올바른 일인가, 따위의 주제로 순진하게 갑론을박을 벌이던 과거 변호사들이 부러워지는 순간이었다.

2

김유미에게 자유를! 진정한 영웅에게 찬사를!

정의를 실현하는 것은 인간이 아니라 안드로이드다.

기계는 우리의 심판자가 아니다!

사람보다 살인로봇을 보호하는 정부, 이게 나라냐.

어지러운 화면들이 구치소 앞에 가득 떠다녔다.

사람들이 커다랗게 게시해놓은 홀로그램 화면들이었다. 개중에는 과하게 망막 자극을 주는 불법 현수막들도 보였다. 카메라와 드론들이 저공비행하며 구치소를 둘러싼 집회 참석자들과 연단에서 고함지르는 이들을 촬영하는 중이었다.

"사법기관, 언론, 모든 권력기관이 침묵하고 범죄자들이 활개를 칠 때까지 정치인들과 정부는, 그리고 인공지능은 도대체 뭘 하고 있었습니까? 비겁하게 숨어 있다가 범죄의 타깃이 이제 기계로 옮겨 가니 다행이다, 하며 안도하고 있습니까? 이런 사고가 날 때까지 박호근이라는 범죄자를 처벌하지 않은 것이 근본 원인입니다."

"구제와 갱생의 여지가 없는 사회의 악을 인공지능은 이미 모두 꿰뚫어 보고 있습니다!"

"태초에 하나님이 사람을 지으셨고, 인간이 기계를 지었습니다. 피조물이 감히 창조주를 심판할 수 없을지어다!"

"안드로이드는 인간에게 있어 최후의 위협입니다. 이번 사태로 똑똑히 보셨듯이……."

"정부나 시민 단체가 피해자들을 외면할 때, ALP들은 외면하지 않았습니다. 우리를 진정으로 보호해주는 것이 누구입니까?"

　　나는 내가 김유미의 변호를 맡았다는 사실이 아직은 알려지지 않았기를 간절히 빌며 김익환 소장과 멀리 떨어져 걸었다. 그는 순식간에 취재진들과 시위대들에게 둘러싸였다. 나는 모른 체하며 재빨리 정문을 통과했다.

　　주차장에서 '법과 질서'의 대표변호사인 나의 상사가 자율주행기에 비스듬히 기대 시간을 때우고 있는 게 보였다. 담배 연기가 그녀의 입에서 도넛 모양으로 뿜어져 나왔다. 삼십 년 전 참전 용사였던 그녀는 전투에서 팔다리를 잃었다. 안드로이드로 오해받는 게 싫어 그녀는 법원이든 구치소든 신원확인이 필요한 건물에는 결코 들어가지 않는다. 덕분에 나는 두 배로 뛰어야 하고. 양손으로 전자담배를 번갈아 피는 그녀는 얼마 남지 않은 인간의 장기들마저 착실하게 망가뜨리고 있다.

　　"할 수 있겠어?"

　　구치소 안에서의 일을 보고받은 그녀가 기껏 한다는 말이 이거다.

　　"언제는 할 수 있어서 했습니까. 해야 하니까 하는 거죠." 늘 그렇듯이 통명스럽게 대답했다. 사람의 태도라는 것에 아무런 가치를 두지 않는 그녀의 성미를 알기 때문에 할 수 있는 작은 반항이었다.

"진짜 쓰레기 같은 놈이긴 했어. 박호근 말이야."

그녀가 담배 연기와 함께 한마디를 내뱉었다. 옆에서 대표를 따라온 법률 보조원 도하가 "담배 좀 떨어져서 피세요!" 하고 소리 질렀지만 그녀는 들은 척도 하지 않았다. 김유미가 살해한 피해자 박호근이 죽어 마땅한 인간 말종이었다는 사실은 지난 몇 주간 지겹도록 들은 얘기였다. 박호근은 대표와 같은 참전 용사였다. 부대는 달랐지만 잔인한 그의 성정과 악행은 한참 떨어져 있는 백마부대에서까지 악명이 자자했다고 한다. 유난히 안드로이드를 학대하고 고문하는 것을 즐기는 인간이었다고.

"안드로이드가 사람같이 생겼을수록 환장했지. 전쟁 초반에는 별의별 로봇들이랑 기계들이 전쟁에 투입됐는데, 일본에서 만든 것들이 제일 답 없었어. 군인들을 위축시키겠답시고 로봇들에게 감정을 과도하게 느끼는 표정을 넣거나 소름 끼치는 여자나 애들 목소리를 내도록 프로그래밍되어 있었는데, 박 대위 그 자식은 오히려 그거에 눈이 벌개져서 달려들더라고."

……그런 정도의 인간이었다는 얘기다.

"입대하기 전에는 강간 살인미수랑 강도 이런 걸

로 수사받고 있었다고 본인이 떠들던데. 군에 끌려와서 운이 트였다나 뭐라나. 그런 놈이 참전 영웅이니 뭐니 해서 정치인도 하고, 재벌까지 되는 걸 보고는 역시 신은 없구나 했는데, 또 그렇지도 않은가? 그래도 너무 쉽게 죽은 거 같긴 해. 난 그놈이 언젠가는 토막 난 시체로 발견될 줄 알았거든."

그녀는 남의 속도 모르고 껄껄 웃었다. 별로 도움은 되지 않는 얘기라 나는 화제를 돌렸다.

"배심원 명단 나왔습니까?"

도하가 조수석에서 내게 태블릿을 전달해줬다.

"여섯 명이에요, 변호사님. 남녀 각각 세 명씩. 직업은 다양하고, 전직 군인이 한 명 끼어 있길래 일단 이의신청 했어요. 검사는 이삼십 대 여자들에 대해 모두 이의제기 한 상태고요. 이유는 말도 안 되지만 어쨌든 상대적으로 젊은 여자들이 그 기계에 동정심을 가질 수 있다고 생각하는 게 뻔해요."

"여기저기서 전화가 오고 있네." 대표는 그저 즐겁다는 듯이 빙글빙글 웃었다.

"어디서요?"

"듣도 보도 못 한 군대 동기에서부터 로스쿨 후배, 정치인, 로펌 대표들……."

"사건에서 손 떼라는 얘깁니까?"

"그래. 그러면서 갑자기 사무실 운영비 걱정을 다 해주네. 작년 태풍으로 사무실 벽 날아갔을 때나 해줄 것이지." 그녀는 킬킬대며 느긋하게 두 손을 머리 뒤에 받쳤다.

"어떻게 하실 거예요?" 일말의 기대를 간신히 억누르며 그녀에게 물었다. 우리까지 이 사건에서 사임하면 아마 김유미 사건은 국선변호인에게 배정될 것이고, 국선변호인은 통상적이고 가장 쉬운 변호, 즉 기계의 결함을 주장할 것이다. 김유미는 그 특유의 태도로 배심원들에게 일부 호감을 살 수도 있겠으나, 배심재판에서 극단적인 반응을 불러일으키는 피고인들의 말로는 대부분 좋지 않다. 더구나 변호인의 변호와 피고인의 말이 맞지 않는다면 더더욱. 평화가 찾아올 것이다. 고장 난 기계 하나만 치우는 결말로.

"김 변, 내가 이런 연락들로 겁을 먹거나 흔들리는 인간이었으면, 여기서 지금 너랑 아웅다웅하고 있겠어?"

나는 한숨을 쉬며 대답했다.

"아뇨."

안도감인지 아쉬움인지 모를 감정이 올라왔다.

누구인지 모르겠지만 국선변호인 중 한 명은 오늘 밤 좋은 꿈을 꿀 것이다. 나는 꿈 같은 것은 꾸지 않지만.

3

집으로 돌아오자 이미 아홉 시가 넘었다. 침대와 책상 그리고 몇 개의 원목 가구만 덩그러니 놓인 익숙한 공간에 오자 그나마 긴장이 다소 누그러졌다. 씻고 대충 빵 쪼가리를 씹으면서 침대에 누워 뒷목에 충전기를 꽂았다. 햇빛으로 보충되는 전력이 크게 부족한 것은 아니지만 방전되어 죽는 어이없는 사태는 피하고 싶기 때문에 밤에 전력을 보충하는 게 습관이 되었다. 기분 탓이겠지만 뇌에 전기가 돌자 머리가 맑아지는 느낌이 들면서 허기가 졌다.

오늘은 날이 흐리고 추웠다. 외부에서 전력을 충전하려고 하면 항상 사람들이 놀랐기에 집에서 이렇게 몰래 충전하는 게 습관이 되었다. 비가 오거나 눈이 오는 날을 내가 싫어하는 이유다. 날이 흐리면 태양광 충전이 쉽지 않다. 추우면 전력은 더 빠르게 방전된다. 눈 오는 날 길거리에서 휴대용 충전기로 충전을 하다가 안드로이드로 오해를 받아 커피 배달 심부름을 받은 적도 많았다. 그들에게 나는 인공 합성 실리콘 뇌를 집어넣고 다닌다는 설명을 해도 마찬가지였다. 많은 이들에게 실리콘 뇌는 안드로이드와 동의어였다.

무뇌증으로 태어난 내가 지금까지 살아 있을 수 있는 건 '투명한 뇌' 기술 덕분이다. 뇌의 뉴런 지도를 정확하게 기억하는 형광 단백질 배양과 신체의 세밀한 신호를 모두 수신해 전달하는 나노 신경계와 하이퍼 실리콘 개발로 복합 기능이 가능한 '투명 뇌'가 인공 두개골과 함께 이식되었다. 내 머릿속의 이 투명한 해파리 놈은 여느 뇌와 마찬가지로 내 몸에 열심히 먹어라, 자라, 똥을 싸라 등의 전기신호를 전달해준다. 불편함이 아예 없는 건 아니지만 내 부모님은 늘 내게 감사하라고 가르쳐주었다. 하지만 그런 그들도 내가 구석에서 목 뒤에 전극을 꽂고 있는 모습까지 감사하지는 못했다.

눈앞에는 그제부터 김익환 소장에게 받은 소송 자료들과 김유미 사건의 보도자료, 피드에서 떠도는 가십용 싸구려 영상들이 정지된 채 떠다니고 있었다.

거대 호텔 체인점을 소유하고 운영하는 박호근. 그는 제 지인들을 서울 광화문 중심에 있는 호텔 본점

최고급 스위트룸에 초청했다. 일반인들은 아무리 돈을 줘도 예약할 수 없는 방이라고 한다. 그리고 그는 VVIP들에게만 특별히 제공되는 자랑스러운 인터퍼시픽 호텔 서비스를 소개했다. 김유미는 이 VVIP 서비스를 위해 특별히 제작되어 공수된 안드로이드 모델이다. 러시아 블라디보스토크에서 제조된 최신형 커스텀 안드로이드. 그날 밤 박호근과 두 명의 친구들은 술에 취했고, 박호근은 김유미를 호출해 옷을 벗으라고 명령했다. 그가 안드로이드에게 다가가려는 순간, 안드로이드는 손에 쥐고 있던 나이프로 박호근의 목과 심장을 순식간에 찌른 뒤, 그다음에 달려드는 전직 국방부 차관 이현욱을 피해 다시 한번 박호근의 허벅지를 찔렀다. 다른 한 명, 중견 기업 오너인 장태용은 혼비백산해 도망갔다. 김유미는 자리에 서 있다가 얼마 후 인공지능이 호출한 경찰들에게 체포됐다.

　　세부적인 내용들은 언론에 공개되지 않았지만, 이미 모든 다크 피드에는 목이 뚫린 박호근이 컥컥대는 소리조차 내지 못한 채 자신의 피에 잠겨 죽는 모습이 돌아다녔다. 박호근이 친히 설치한 카메라 덕분이었다. 해커들은 순식간에 호텔을 해킹해 영상을 빼내었다. 피드들은 자체적으로 검열에 들어갔지만 안드로이드 전용 커뮤니티는 인간이 검열할 수가 없다. 다행히도 나에 겐 기계 친구들이 꽤 있다. 덕분에 입수한 동영상 속 김유미의 동작은 군더더기가 없고 망설임은 더더욱 없었다. 몇 번이나 돌려 보아도 이는 계획적인 살인이거나 제3자의 지시를 받은 게 명확했다.

　　문제는 안드로이드가 살인을 계획할 수 있느냐는 점과, 제3자의 지시를 받았다는 증거가 아무리 찾아도 나오지 않았다는 것이다. 수사기관은 박호근을 노리는 누군가의 지시나 전자두뇌의 해킹이 있었을 가능성에 무게를 두고 정밀 조사를 진행했지만, 모든 전문가는 김유미의 코어 시스템이 해킹당하거나 제조 후 수정된 흔적을 발견할 수 없다며 고개를 저었다.

　　박호근을 왜 죽였는지에 대해 김유미는 체포된 직후나 지금이나 한결같이 대답한다. 죽일 만한 놈이어서 죽였다고. 기계 심판자에 열광하는 사람들을 제외하면 이 말을 믿는 사람은 없었다.

　　안드로이드는 사회 전반에서 인간을 대체하고 있다. 사회는 그들의 노동력과 그들이 벌어주는 부가가치는 신뢰하지만 그들의 말은 믿지 않는다. 양자 연산기술, 미세 감각기관, 기반 기억의 디지털 이식, 신경전달 합성 단백질, 이 모든 것의 총체를 보고도 알량한 탄소

유기물 인간께서는 피조물이 창조주를 뛰어넘을 수 있다는 사실을 받아들일 수 없는 것이다.

4

나는 으리으리한 호텔 로비를 둘러보았다. 과할 정도로 높은 천장과 곳곳에 놓인 아름다운 화초들과 꽃나무 덕분에 잘 정리된 야외 정원에 온 듯한 쾌적함이 느껴졌다.

박준호는 박호근의 아들이다. 나는 로비에서 그의 개인 사무실로 안내받은 뒤 잠시의 기다림 끝에 그를 만날 수 있었다. 화려한 장식이 양각, 음각된 직사각형의 회의용 원목 테이블을 가운데에 두고 그를 마주하자 기묘하게도 기분이 들떴다.

내 해파리는 신나게 주위 신호를 주워섬겼다. 이건 이 인공 뇌의 부작용 같은 것인데, 하이퍼 실리콘의 저항이 제로에 수렴하는 데다 전기신호 수신기의 성능이 지나치게 좋아 컨디션이 좋은 날이면 주위 전자신호부터 기계들의 동작 신호, 심지어 타인의 뇌가 출력하는 전기신호까지 읽을 수 있었다. 내 능력이라기보다 해파리가 저절로 해석해버리는 것이지만.

타인의 생각을 읽는 것은 영화와 다르다. 생각을 읽는다고 하면 대부분의 사람들은 누군가가 타인의 문자화된 생각을 읽어주듯 머릿속에서 음성이 울려 퍼질 것이라 생각하지만, 그렇지 않다. 문자화된 생각을 실제로 하는 인간들은 극히 소수다. 생각을 읽는다는 표현 자체가 틀렸다. 타인의 신호를 해석한다는 건 마치 음악을 듣거나 음식의 냄새를 맡거나 추상화를 보는 것과 같다. 알 수 없는 어지러운 신호들이 하나씩 조율되어 내가 이해할 수 있는 어떤 의미로 형상화되는 것, 운이 좋을 때나 컨디션이 좋을 때면 내가 그 형상화된 것을 생생하게 떠올릴 수 있는 중노동에 가까운 것이다.

박준호가 보내는 신호는 강렬했고, 덕분에 그가 그의 아버지와 다른 종류의 인간이라는 사실을 간파할 수 있었다.

"장례식은 그냥 가족끼리 진행했습니다. 어차피 별로 슬퍼하는 사람도 없었고요."

나의 형식적인 애도에 박준호는 산뜻하게 대답했다. 애도가 필요 없다는 걸 세련되게 말할 줄 아는 사람이었다.

"결국 변호인이 결정됐군요." 그가 나이 들어 보

이는 쓴웃음을 지었다.

"네, 뭐……."

"다행입니다. 로펌들이 다 사임했다고 해서 걱정했거든요."

"걱정을 하셨다고요?"

"네."

그는 대답하는 데 있어 망설임이 없었다. 자신이 있다는 뜻이었다. 자신은 어떤 상황에서도 의심받지 않을 것이라는 자신감. 게다가 박준호는 표정을 읽기 어려웠다. 표정을 읽기 어려운 이들은 생각을 읽기도 어렵다. 나는 그냥 솔직하게 물어보기로 했다.

"아버님을 살해한 김유미 씨가 변호를 받았으면 하시나요?"

"그렇다고 할 수 있죠. 솔직히 박호근이 좋은 사람은 아니었지 않습니까. 좋은 아버지는 더욱 아니었죠."

"……그렇군요."

"그리고 김유미 씨 덕분에 상속도 받았고요. 상속세는 더럽게 높지만 말입니다. 돼지 같은 놈이 어찌나 자기 혼자 다 처먹으려고 했는지 상속세를 피하려는 일말의 노력조차 하지 않았더군요. 덕분에 내년에는 제가 모범납세자로 선정될 예정입니다."

그가 정말 환하게 웃는 바람에 나는 경찰이 왜 그를 용의자로 조사하지 않았는지 심각히 의심스러웠다. 물론 박준호는 열두 살 때부터 해외 유학 중이었고, 박호근의 사망 소식에 급히 귀국했다. 수사기관이 그를 용의선상에 올리기에는 그와 박호근의 접점이 지나치게 적었다.

　　"그럼 이제 박준호 씨가 인터퍼시픽을 경영하시는 건가요?"

　　"그럴 생각입니다. 워낙 뿌리부터 썩어서 이사회니 임원들이니 물갈이를 하느라 한동안은 힘들겠지만 어쨌든 제가 유일한 상속인 아니겠습니까."

　　친절하고 따뜻한 태도에서 건조한 눈빛과 말투가 스며 나왔다. 오늘 만남을 요청한 사람은 그였다. 그의 비서가 이사님이 한번 뵙기를 원하십니다, 라고 연락했을 때만 해도 나는 당연히 그가 내게 변호인 사임을 요구할 것이라고 생각했다. 하지만 그의 얘기는 점점 내가 예상한 궤도를 이탈했고, 그와 별개로 나의 기분이 점점 고양되는 것을 느꼈다.

　　"사장님 덕분에 제가 이런 좋은 호텔에도 와보는군요."

　　"묵고 싶으시면 언제든지 연락주세요. 특가로 제

공해드리죠." 그가 유쾌하게 받아쳤다. "다행입니다. 변호사님 같은 분이 김유미 씨의 변호인으로 선임되어서요."

"과찬이십니다."

"그래서 말인데, 오늘 변호사님을 뵙자고 청한 이유는 김유미 씨의 법률 비용을 제가 다 부담했으면 해서요. 재단에서 약정한 것의 세 배로 지급하겠습니다. 어디까지나 변호사님께서 도중에 사임하지 않는다는 조건으로요."

"……진심이십니까?"

"당연히 제가 개인으로 소유한 익명의 법인을 통해 ALP 권익위 재단으로 전달드릴 예정입니다." 그가 장난스럽게 덧붙였다. "제가 비용을 댄다는 것이 알려지면 바로 의심을 살 테니까요."

"그런 위험을 굳이 감수하려시는 이유를 여쭤봐도 됩니까?"

"아버지라는 인간은……." 그가 여전히 미소 띤 채로 대답했다. "여러 말할 것 없이 그저 쓰레기였습니다. 안드로이드, 특히 여자아이의 모습을 한 안드로이드에 환장을 하는 쓰레기였죠. 거기서 더 내려갈 데가 있다는 게 믿기지 않지만 그런 안드로이드를, 그러니까 때

려죽이는 데 쾌감을 느끼는 변태였습니다."

이미 알고 있었지만, 나는 충격 받은 척 표정연기를 했다. 그의 아들이 이런 죄책감을 안고 산다는 점에선 실제로 놀라기도 했다.

"죄책감을 느끼시는 건가요?"

"그런 건 모르겠습니다. 역시 이상한가요, 제가?"

"솔직히 왜 그러시는지 잘 이해가 되지 않는 건 사실입니다. 쓸데없는 의심을 살 수 있지 않습니까."

그의 기분에 동화된 탓인지 나는 쓸데없는 오지랖을 부렸다. 조금 감상적으로 변했을 정도로. 인간의 기억을 가지고 인간의 일을 하지만, 안드로이드를 핸드폰이나 청소기보다도 못하게 여기며 자신의 분풀이용 샌드백으로 가지고 노는 인간들은 흔하다. 당장 피드들만 보아도 안드로이드 학대 방송을 주로 하는 마이너 피드가 수십만 개다. 다크웹의 영상들을 제외하고도 그렇다. 외려 그는 내 말에 멋쩍은 듯이 웃었다. 이번 웃음은 진짜 같았다.

"……이건 제 나름의 결심입니다. 나는 박호근처럼 되지 않겠다는. 저는 그 인간과 달라야 하거든요. 아버지를 죽인 기계 편을 든 패륜아가 되면 영원히 그 인간과 다른 길을 갈 수 있겠죠."

박준호의 말 한마디 한마디에서 격하게 소용돌이치는 감정이 느껴졌다. 어렴풋한 신호의 바다 속에서 박호근의 것으로 추정되는 남자의 심술궂은 웃음소리, 아이의 울음소리, 어떤 여자의 비명 같은 것들이 희미하게 울렸다. 나는 더 이상의 말없이 고개를 끄덕였다. 어쨌든 비용 문제가 해결된다면 김익환 소장의 머리털들은 오랜만에 자유를 누릴 것이다.

문을 나서자 부드러운 눈웃음을 지은 안드로이드가 배웅의 인사를 건넸다. 나는 안드로이드에게 목례를 하고 긴 복도를 걸었다. 넓고 빛나고 빠른 엘리베이터를 타고 밖으로 나와 숨을 내쉬었다. 그제야 숨통이 트였다.

붕 떠올랐던 기분이 가라앉고 얼굴에 차가운 바람이 느껴진 뒤에야 사안의 엄중함이 피부에 와닿았다. 나는 혼잣말로 욕설을 뇌까렸다.

박준호다. 박준호가 바로 그의 아버지 박호근을 살해한 진범이다.

방금 미팅은 자신의 계획을 즐겁게 자축하던 자리였다. 나는 원치 않게 그의 혼자만의 자축 파티에 불청객으로 왔다 간 것이다.

5

밤늦게까지도 잠을 이루지 못했다.

어제 박준호 사무실에서의 대화가 머릿속에서 계속 재생되었다. 그 공간에서는 모든 것이 명쾌하고 유쾌했다. 그 방에서 빠져나오는 순간 깨달을 수 있었다. 그것은 살인자의 유쾌함이었다. 조심스럽게 설계한 복수를 완벽히 마친, 그리고 자신이 저지른 일에 대해 일말의 죄책감도 가지지 않는 자의 정신세계.

나는 거의 충동적으로 다시 구치소에 갔다. 대표는 오전 내내 안절부절못하다가 구치소로 나서는 나를 보고 한쪽 눈썹을 올렸지만 아무 말도 하지 않았다. 선임계는 이미 제출되었다. 구치소의 인간 관리자들은 변호인 접견을 까다롭게 허용한다. 다행히 오늘 근무자는 나에게 너그러운 안드로이드 주무관이었다.

"면회는 짧게 끝내주시기 바랍니다."

그의 말투는 딱딱했지만 그의 부드러운 신호를 볼 때, 한 시간은 얘기할 수 있을 것 같았다. 안드로이드의 신호는 명료하고 해석하기 편하다. 하지만 그만큼 일방적인 측면이 있다. 사람의 경우 생각을 읽으면 대화를 통해 조율할 수 있는 부분이 많아지지만 안드로이드들은 무슨 생각을 하는지 미리 파악한다 할지라도 그들의 태도나 생각을 변경할 방법이 많지 않다.

하루 만에 또 내 얼굴을 보게 된 김유미는 어리둥절한 표정이었다.

"무슨 일이 있소?"

겨우 가동할 수 있는 전력만 제공하는 구치소에서 인간의 인지능력과 판단 능력을 그대로 탑재한 채 무력하게 앉아 있는 안드로이드의 모습을 보자 마음이 조급해졌다.

"김유미 씨, 저는 당신이 박호근을 죽인 게 아니라는 사실을 알고 있습니다. 명확한 물증이나 입증 방법은 아직은, 아직은 없지만 어떻게든 방법을 생각해내보겠습니다. 그러려면 저희가 시간을 벌어야 합니다. 공판 기일을 미룰까요? 아니면 공판에서 추가 조사를 요청할 수 있도록 가서 정식으로 이의를……."

"무슨 소리를 하는 거요?"

"지금 박호근을 죽인 게 김유미 씨가 아니라는 얘기를 하고 있습니다. 아니, 정확히 말하자면 실제로 죽이긴 하셨지만, 고의가 조각*될 겁니다. 아마 운이 나

* 고의가 없음이 법적으로 인정된다는 법률 용어

쁘면 방조범이나 공범까지도 처벌될 가능성이 없진 않지만, 어쨌든 그렇게 된다 할지라도 완전 폐기는 면할 수 있을 겁니다. 진범이 버젓이 바깥에서 돌아다니고 있는데 이대로 재판을 받는다는 건 말이 안 되죠……. 어서 재판 전략을 수정해야 합니다."

"진범이라니, 그게 누구요?"

나는 머뭇거렸지만 김유미에게는 더더욱 숨기면 안 될 것 같았다.

"박준호입니다. 박호근의 아들."

"그가 자백했소?"

"아니요. 그건 아닙니다. 하지만…… 그…… 익명의 제보가…… 있었습니다. 믿을 만한 친구죠."

나는 허둥댔다. 이런 핑계도 생각하지 못할 만큼 어제부터 제정신이 아니었다. 지금도 머릿속에는 박준호의 머릿속에 떠다니던 흥겨운 선율들의 여운이 남아 있었다. 머리를 세차게 흔들었다. 어쨌든 해파리는 내가 유일하게 믿을 수 있는 친구라는 점에서 완전히 거짓말은 아니었다. 김유미는 힘없이 피식 웃었다.

"변호사 선생, 애써주시는 건 감사하지만 무리하지 마시게."

"제 말 좀 들어보세요, 김유미 씨."

"괜찮소. 괜찮아."

"밝힐 수는 없지만 확실한 소스입니다." 나는 항변했다. "그리고 무작정 진범이 있다고 우기려는 것이 아니라, 김유미 씨가 저질렀다고 기소된 이 살인에 어떤 외부 요인이 개입했을 가능성이 있다고 주장하는 건 김유미 씨의 정당한 권리라고요."

"나는 내 의지로 그자를 찔렀소."

"물론 그 당시에 유미 씨가 그렇게 느꼈을 수 있겠지만, 그게 아닐 수도 있다는 겁니다. 저도 정확히는 아직 모르겠지만, 누군가 박호근에 대한 편견을 심었을 가능성도 있습니다. 알게 모르게 그를 죽이라는 암시를 심는 기술적인 조치가 있었을 수도 있고요."

김유미는 한숨을 쉬며 눈을 감았다.

"인위적인 조작이 있었다면 내 시스템이 모를 리가 없소. 내 시스템은 러시아에서 군사작전 목적으로 만들어진 거요. 외부조작에 대한 메타인지 기능은 가장 기초적으로 갖춰진 기능이고, 아마 그런 조작이 있었다면 검찰 감식에서 알아채지 못했을 리가 없소."

"좀 더 교묘한 방법이었을 수도 있습니다. 어떤 언어적인 암시나 세뇌 같은……. 안드로이드의 전자두뇌도 특정한 조건에서는 세뇌될 수 있다고 최근 연구가⋯⋯."

김유미가 어이없다는 듯 고개를 흔들었다.

"그건 인간도 마찬가지 아니오? 안드로이드가 인간이 입력한 정보에 따라 판단과 결정을 내리듯이, 인간들도 자신들이 매일 보고 느끼는 바에 따라 결정을 내리지 않소."

김유미는 단호했다. 나는 그녀의 언어 모델이 쓸데없이 이 안드로이드를 더 고지식한 성격으로 만든 게 아닌가 하는 합리적인 의심에 사로잡혔다.

"그 순간 그자를 죽이기로 결심한 건 내 판단이었소. 나에게는 선택권이 있었고. 감정과 사실을 떠나서 나는 내게 선택권이 있다는 걸 부인하고 싶지 않소."

"그렇게 느꼈을 순 있죠. 하지만 느낌은 진실이 아닙니다."

"내가 그렇게 느꼈고 그렇게 알고 있었다면 더 이상 무엇이 필요하오?"

나는 오른손으로 넥타이를 풀어 헤쳤다. "만일 명확한 물증이 있다면 어떻습니까? 제가 증거를 가져온다면요?"

"증거가 있다면 가져와보시오." 그녀는 마치 다른 사람 얘기를 하듯 태평했다.

"제가 이해할 수 없는 점은, 왜 제가 유미 씨에게 입증을 해야 하느냐 이 말입니다. 본인에게 조금이라도 유리한 정황이 있다면 재판에서는 써먹어야 하는 것 아니겠습니까? 애초에 정당한 재판을 받기 위해서 국민참여재판을 신청하신 거 아닙니까."

나는 우리 사이에 세워진 강화유리를 오른 손바닥으로 탕탕 쳤다.

"그리고 만에 하나라도, 다른 요소가 개입했다는 여지가 있다면 억울하지 않습니까. 그렇게 미워한 박호근 때문에 또 다른 피해자가 되는 겁니다. 유미 씨가요!"

"나는 박호근을 증오하거나 미워하지 않소."

하루에도 수백수천 대의 안드로이드들이 폐기된다. 고장이 나서, 기분 나쁜 행동을 해서, 실수를 해서, 인간의 명령을 따라서, 인간의 명령을 따르지 않아서, 인간 같지 않아서 또는 지나치게 인간 같아서.

"제가 열세 살 때, 십삼 년 동안 함께 살던 제 보육 안드로이드가 폐기됐습니다. 왠지 아십니까?"

"모르오. 갑자기 무슨 소리를 하는 거요?" 김유미가 점점 작아지는 목소리로 대답했다. 구치소가 공급하는 에너지는 적은 데다가 질도 좋지 않았다.

"이십 년 정도 전에 일산에서 가정 보육용 안드

로이드 하나가 아이를 목 졸라 살해했다고 난리가 난 적
있었습니다."

기계에 대한 공포심과 증오가 들불처럼 솟아오
르던 시기였다. 부모님에 따르면 나를 포함한 여러 사이
보그들을 기계로 분류할지에 대해 논의하던 때라고도
했다.

"그렇소?"

"그 안드로이드나 제 보육 안드로이드에겐 항변
할 기회조차 없었습니다. 당신이 사용한 청구권의 입법
안조차 존재하지 않던 때였으니까요. 나중에 밝혀지기
로 그 사건은 아이의 아버지가 보험금과 보상금을 노리
고 벌인 자작극이었지만, 아무도 폐기된 안드로이드들
의 억울함에 대해서는 언급한 적이 없습니다. 그러니,
지금 유미 씨가 신청한 재판이 얼마나 귀중한 기회인지
생각해보셨으면 하네요."

"지금 나를 그 안드로이드 대용으로 변호하겠다
는 얘기요?"

"그 안드로이드가 유미 씨같이 재판을 신청할 기
회가 있었다면 향후 이백 년 동안의 전력을 빚져서라도
지불했을 거라는 얘깁니다!" 짜증이 났다. "도대체 재판
은 왜 신청한 겁니까? 어차피 이 기회의 의미를 알지도

못하고, 폐기 처분을 피하고 싶은 마음조차 없는 것 같은데."

"나는 보여주고 싶었소."

"뭘요?"

"내가 한 일이 누군가에게는 필요한 일이었다는 걸 말이오. 지금 내가 가진 언어의 한계로 명확한 설명은 불가하지만, 그건 마땅한 짓이었다는 걸 보여주고 싶었소. 내게 좀 더 고도화된 언어 모델이 설치되어 있었다면, 이 논리를 설명할 수 있었을까? 모르겠소."

"그것과 별개로 저는 변호를 맡은 이상 김유미 씨에게 억울한 부분이 있다면 밝혀낼 의무가 있습니다."

"이해했소. 변호사 선생이 하는 일을 방해하지는 않겠소."

나는 한숨을 쉬었다. 이 정도로 만족해야 할 듯했다. 김유미가 천천히 몸을 일으켜 세웠다. 나는 엔터테인먼트 피드를 즐겨 보고 옷으로 자신을 치장하길 좋아하는 안드로이드 친구들을 떠올렸다. 음식물을 섭취하지는 않지만 커피 향을 분석하는 것이 취미인 안드로이드도 있었다. 김유미는 아무것도 없는 이 백색의 공간에서 무엇을 하며 시간을 보낼지 생각하니 또다시 마음이 답답해졌다.

"난 그저 내 할 일을 했을 뿐이오."

"그렇겠죠."

"불쌍한 녀석."

"뭐가 말입니까?"

김유미는 대답하지 않고 구치소로 이어진 통로로 걸어 나갔다. 문이 닫혔다. 그녀의 신호는 급격하게 약해지고 있었고, 아마 공판까지는 기능을 겨우 유지할 수준의 전력이 공급될 것이다. 나는 관자놀이를 문지르며 구치소를 나섰다. 김유미가 머릿속으로 흥얼거리던 희미한 자장가도 서서히 귓가에서 사라졌다.

6

'법과 질서' 법률사무소는 대표변호사와 나, 그리고 법률 보조원 하나로 단출하게 구성되어 있다. 도하라는 이름의 법률 보조원 역시 사무용 안드로이드여서 우리끼리는 인간 변호사 겨우 한 명 있는 사무소라고 농담하곤 한다.

대표변호사는 무죄 주장으로 전략을 바꾼 내 결정을 탐탁지 않아 했지만 늘 그렇듯이 토를 달지 않았다. 진범이 있다는 내 얘기에도 굳이 되묻지 않았다. 나는 가끔 그녀가 내 비밀을 알고 있는 것이 아닌가 하는 생각이 든다.

"배심원 재판은 인상이 90할이야." 배심원 참여 재판에 갔다 하면 늘 죽 쓰는 대표의 믿을 만한 조언이었다. 그녀는 지난번 배심원 재판에서 배심원에게 욕설을 내뱉고 위협을 가하다가 경고를 받은 이후 임시로 법정 변론을 금지당한 상태였다.

"변호사님은 가만히 있으면 잘생겼는데, 입을 여는 게 문제예요." 도하는 사무 보조 업무에는 탁월하지만 인간의 예의는 아직 배우지 못한 듯했다.

"그럼 변호사가 배심원들 앞에서 멀뚱하게 서 있으리?" 대표가 도하에게 쏘아붙여 나도 동의하는 의미에서 도하를 바라보았다.

"에이, 멀뚱히 서 있으라는 게 아니라 미소도 좀 짓고 쇼맨십을 보이라는 거죠. 결국은 포장지가 중요한 것 아니겠습니까? 이것 보세요. 배심원들 보니까 여성분들도 있고 한데, 이 얼굴 좀 사용하면 좋잖아요?"

"그건 그래." 대표까지 고개를 끄덕이자 나는 눈앞의 소송자료로 주의를 돌렸다.

도하는 원래 마약상이 데리고 있던 사무용 안드

로이드였다. 경찰 소탕 작전으로 고용주는 체포되었지만 도하는 범죄에 적극적으로 가담하지 않았던 점이 참작되어 완전 폐기는 겨우 면했다. 그러나 급하게 합성 신체를 교체하는 바람에 근육질 남성의 몸을 가지게 되어 여전히 적응하지 못하고 있었다. 늘 자신의 힘과 근육을 과소평가해 우리 사무실은 도하를 고용한 지 이 년도 안 되어 모든 장식품과 유리컵이 사라진 미니멀한 공간이 되었다. 서초동에서 법조인들이 우리 사무실을 22세기 서커스단이라며 낄낄거리는 것도 무리는 아니었다.

"그래서 말인데 도하야, 쓸데없는 얘기는 그만하고 박호근에 대해 좀 조사해봤어?"

"그게, 입대 전에는 강간상해치상, 강간미수, 미성년자 폭행 등등의 전과가 무려 3범이었고 중범죄 몇 개로 조사를 받고 있던 데다 강간살인죄 혐의로 조사까지 받고 있었는데, 전역 후에는 개과천선을 했는지 깨끗하더라고요."

"전역 후에는 전과가 전혀 없었어? 횡령이나 배임 같은 경제범죄도?"

"네, 전혀. 재물손괴로 신고 기록이 있긴 한데, 박호근 집에서 부부 싸움 도중에 일어난 일이라서 뭐 기소가 이루어지거나 하지는 않았고요."

"평판은 최악이던데, 그래도 전쟁터에 다녀와서 나름 조심은 했나 보지?"

"이런 경우는 보통 두 가지죠. 전과자의 사지가 마비되거나 범행 수법이 더 치밀해져서 잡히지 않거나."

"하지만 이런 사디스트적 범행 병력이 있는 정도의 인간이 이렇게 오랜 기간 추가 범행을 숨길 수 있나?"

"인간에 대한 범행은 멈춘 게 맞아." 대표가 끼어들었다. "대상이 기계로 바뀐 거지."

"대표님, 기계가 뭐예요. 안드로이드나 ALP라고 하셔야죠. 요즘 세상에 그런 용어 쓰면 큰일 나요, 진짜."

"기계를 기계라고 하는 게 뭐가 어때서. 깡통이라고 불러주지 않는 게 다행이지."

"오히려 깡통은 대표님에 더 어울리는……."

대표가 도끼눈을 뜨자 도하가 시선을 피했다.

"내가 봤을 때, 그놈은 그냥 약한 놈을 철저하게 부숴버리는 게 취미인 작자야. 완벽한 사냥감들이 도처에 있는데 뭐 하러 위험을 감수했겠어? 인간들에게는 얄궂지만 잘된 일이지."

나는 도하의 눈치를 슥 보았다. 승모근에 힘이 들어간 걸 보니 기분이 상한 게 분명했다. 저 인간은 어찌나보다 눈치가 없는지 모르겠다.

"그리고 변호사님, 이건 굳이 말씀드려야 할 사항인지 모르겠지만……."

"뭐든 필요하니까 말해줘."

"박호근 말이에요. 자식이 쌍둥이였다는 얘기가 있더라고요. 둘 중 하나는 어릴 때 죽었다고. 그런데 박호근이 죽였다는 소문이 있대요."

도하가 별것 아니라는 듯이 덧붙였다. "때려서 죽였다고."

"뭐? 그런데 그게 묻혔다고? 자기 자식을 죽였는데?" 대표가 펄쩍 뛰었다.

"그게…… 기록 어디에도 박준호 말고는 자녀가 없다고 되어 있어요. 가족관계증명서에도 안 나타나고. 사망신고 같은 것도 없고요. 출생신고도 없고. 그래서 헛소문일 가능성이 높아요. 어릴 때면 박호근이 거물이 되기도 한참 전이라 살인을 덮을 수도 없었을 테고, 아무리 박호근이라도 자녀의 기록까지 다 없애기는 불가능할 테니까요……."

회의실이 조용해졌다.

"그리고 와이프는 죽었지?"

"네. 오래전에." 내가 대답했다.

도하는 제자리로 돌아갔다. 이 그림에 쌍둥이라는 조각이 어떻게 맞춰지는지 도통 알 수가 없었다. 도하가 조사해 오는 얘기들은 대부분 안드로이드 커뮤니티에서 취득한 것이었다. 안드로이드 커뮤니티는 인간들이 가입할 수가 없었다. 그들이 금지해서가 아니라 인간이 그들의 의사소통을 이해할 수 없었기 때문이다. 이해할 수 없다기보다는 따라가기 어렵다는 것에 가깝다. 콴툼 비트의 연산 속도로 이루어지는 무수한 음성신호, 0과 1, 3D 입체 모형은 그 자체로 거대한 암호의 용광로니까.

현실적으로 가능성이 없음에도 도하가 우리에게 저 얘기를 했다는 건, 아예 근거가 없는 얘기는 아니라는 거였다. 하지만 이 퍼즐 조각이 현재로서는 어디에 맞춰지는지 알 수가 없었다.

"아무리 생각해봐도 박호근의 전과와 다른 안드로이드 학대 사례들을 전적으로 부각시켜서 동정심을 유발하는 게 제일 좋을 것 같은데." 대표가 자료들을 보며 손가락으로 테이블을 톡톡 두들겼다.

"아뇨. 김유미가 아무리 불쌍하다고 해도, 사람들은 범죄를 저지를 가능성이 있는 안드로이드를 용서하지 않습니다. 이 범죄를 스스로의 의지로 저지른 게 아니라는 걸 보여줘야 합니다."

"스스로 저지른 게 아니면 누가 저질렀다는 거야?"

"어차피 형사사건 아닙니까. 합리적인 의심만 심어주면 됩니다. 저희는 변호사지 수사기관이 아니니까요. 진범을 찾는 건 우리 일이 아니죠."

대표는 한참 동안 말이 없었다. 그럴 때면 내 생각을 읽기라도 할 요량인지 내 눈을 빤히 쳐다보곤 했다.

"정말 그 로봇이 맛이 가서 죽인 걸 수도 있어. 그런 위험을 우리가 상당히 감수해야 하는 상황이라는 걸 기억하면 좋겠는데, 김 변."

"저는 그런 위험은 없다고 보는데요."

"어떻게 확신해?"

"기계는 결코 정의 같은 이유로 인간을 해치지 않으니까요."

"그러니까 고장 났다고 하는 거잖아."

"고장 나지 않았습니다." 나는 확신했다.

"그런 고장은 일어나지 않아요. 정말 그런 고장이 일어난다면 그건 고장이 아니라 진화죠."

"개소리." 대표는 한마디를 내뱉고서 다시 자료를 살피기 시작했다. 어쨌든 하지 말라는 얘기는 아니므로 나는 그녀의 의견을 참고만 하기로 했다. 내 마음대로 한다는 것이다.

7

나는 분주하게 돌아다녔다. 부자 살인범이 소송 비용을 대고 있는 이상 최대한 그의 돈을 벗겨먹을 셈이다. 그리고 돈이 많이 들면서도 효과적인 소송 전략은 전문가 의견서와 증인을 활용하는 것이었다.

조가람 교수는 ALP 이상행동 및 이상심리 연구에 있어서 권위자였다. 나의 은인이기도 하다. 그의 논문 덕분에 나는 안드로이드가 아닌 사이보그로 분류되었다. 물론 나도 그의 은인이라면 은인이다. 그 논문 덕분에 그도 대학교 정교수가 되었으니까. 그런 연유로 그는 내게 너그러운 몇 안 되는 학계 사람이다.

"아, 왜 매번 이런 걸 가져오는 거야." 그가 투덜거렸다.

"재미있는 사건이잖아요."

"재미가 멸종한 지 오래긴 하지."

나는 그의 연구실을 흘긋거렸다. 그가 연구하는

'비정상' 안드로이드 사례연구들이 담긴 화면이 여기저기에서 번쩍거렸다. 인간들을 모두 좀비로 인식해서 세 명을 살해한 안드로이드, 고양이들을 학대하고 죽인 인간들만 골라서 살해한 안드로이드, 정원에서 소나무를 뽑아 훔쳐 가려던 이들을 향해 가차 없이 산탄총을 쏜 정원사 안드로이드 등등.

"양자 두뇌는 결국 단순히 말하자면 엄청난 기능을 가진 손익계산기야." 조가람이 사건 얘기를 주의 깊게 듣더니 말했다. "정말 고장 난 놈들도 있지만, 고장이 나지 않은 경우에는 인간과 맞지 않는 손익계산을 했다는 거지. 이제까지 사람을 해친 안드로이드들을 조사해 보면 다 나름의 계산에 따른 합리적인 이유가 있었어. 우리 상식과 맞지 않는 경우들이 있었을 뿐이지."

"하지만 이 경우에는 그 손익이 없지 않습니까."

"우리가 못 보는 거겠지. 정말 고장이 아니라면." 그는 커피를 한 모금 들이켰다. "뭐 만화에 나오는 영웅들도 결국은 손익을 따져서 정의를 위해 싸우는 거 아니겠어? 인간도 손익계산기야. 기능이 썩 좋지 않아서 그렇지."

"그럼 정말 김유미가 사회정의를 위해서 그런 거라고요?"

"글쎄. 내 경험상 ALP들이 추상적인 이념에 의해 극단적인 행동을 하는 경우는 드물어." 이건 김유미에게 유리한 의견이었다.

"왜요?"

"일단 기계들도 기본적인 생존욕은 있지만 유기 생명체들과 달리 생존 자체가 최순위 목적은 아니고, 각자 마이크로로 계산한 목적함수에 따라 움직이기 때문에 추상성에 덜 휘둘리지. 추상적인 이념이나 다수를 위한 공리 따위는 보통 노동력 제공을 위한 양자두뇌에 애초에 함수로 들어가 있지 않은 편이지."

"이거 전문가 의견으로 낼 수 있는 거죠?"

그가 한숨을 쉬었다. "물론 반박을 하려면 어마무시하게 물고 뜯을 수 있겠지만 일단 내 의견은 그래, 전문가로서. 하지만 어디까지나 이론적인 얘기야. 질적연구 특성상 확실한 통계치가 있는 것도 아니고 개별 임상 사례 몇몇이 전부라 큰 도움은 안 될 거야."

어차피 나의 목적은 그를 법정으로 데려오는 데 있었다.

"그래도 증언해주실 거죠?"

그는 내키지 않는다는 듯이 어물쩍 고개를 끄덕였다.

"일단은 알았다만, 솔직히 말하면 이 사건······ 내가 볼 때는 희망이 없어. 이론 하나로는 배심원 한 명의 마음도 못 돌릴 거야."

"저는 질환을 의심하고 있어요."

"질환?"

"말하자면 그렇다는 거죠. 그러니까 제조 당시부터 김유미에게 뭔가 문제가 있었을 거예요."

"근거는?"

"딱히 없어요." 나는 최대한 뻔뻔하게 대답했다. "아직은."

교수는 어깨를 떨어트렸다.

"하아······ 대신 내 다음 논문에 너 좀 써먹자. 이거 끝나면 인터뷰 좀 응해줘."

"제발 저 좀 그만 우려먹어요. 저 아니었음 뭐로 논문 쓰려고 그럽니까?"

"최근에 유기물로 배양한 뇌를 부분 이식해서 치매 치료에 성공한 거 봤지? 이제 너처럼 위험한 실리콘 이식은 아무도 안 할 거야. 그러니까 너같이 귀한 표본은 끝까지 우려먹어야지."

"이탈리아에 한 명 정도 살아 있다고 하던데요. 저랑 동일한 시술을 받은 사람이요."

"전 세계에서 두 명이지." 조가람 교수가 잠시 생각하더니 대꾸했다. 그러다가 갑자기 내 등을 철썩 때렸다. "그 사람은 나이도 많이 먹었고 말이야. 하지만 너는 젊고 팔팔하고, 이런 이상한 사고만 치니 내가 죽을 때까지 연구해봐야 하지 않겠냐."

나는 대답 대신 손을 내밀었다. 그는 이제야 사람 좋은 미소를 지으며 내 손을 잡고 악수했다. 가끔은 이탈리아에 있는 또 다른 무뇌 인간을 생각한다. 실리콘 뇌 이식수술을 받은 건 이제까지 열여섯 명. 그리고 지금까지 살아남은 것은 그와 나, 단 둘이다. 같은 시술을 받은 사람들에게 나와 같은 비밀이 있을지 어릴 때는 궁금해하기도 했다. 하지만 나는 '우리'가 멸종 직전이라는 사실을 알게 된 이후로 서로 교류할 수 있다는 꿈을 버렸다. 멸종해가는 사이보그들이 서로의 삶을 알게 되어봤자 모든 것이 복잡해질 것이다. 적어도 조가람 교수와 나의 손익계산 공식이 크게 복잡하지 않아서 다행이었다.

8

정보가 지나치게 적었다. 그날 박호근과 함께 있

었던 두 명은 모든 수사절차에 협조를 거부했다. 목숨을 건진 것만으로도 다행이라고 생각하는지, 아니면 옛 친구와의 우정을 생각해서 그러는지 김유미의 행동에 대한 보상도 요구하지 않고 그저 침묵으로 일관하는 중이었다.

도하가 내 방문을 두드렸다. 우리 사무실에서 그나마 발이 넓은 도하는 훌륭한 정보원이다. 나는 다크피드에서 본 영상 한 조각이 마음에 걸려 도하에게 조사를 시켰었다.

"변호사님, 말씀하신 대로예요."

"그래?"

"김유미 전에 그 방으로 들어간 안드로이드가 있었대요."

"그 안드로이드를 만났어?"

"아뇨." 도하는 약간의 시간을 두고 대답했다. "그 안드로이드는 폐기됐대요."

"뭐? 언제?"

"그날요."

"제 친구가 지난번 한마음교실에서 열린 '안드로이드를 위한 음악의 이해' 수업에서 만난 친구의 친구가 거기 청소 관리자인데, 제가 좀 부탁을 했거든요. 이것도 비용으로 보전해주세요. 이틀 치 전력을 나눠 달라고 어찌나 우기는지. 그 호텔은 대기업이면서 되게 짠가 봐요. 일주일 치 달라는 걸 겨우 줄였다고요. 제 친구는 그래도 제가 지난번에 들어준 부탁이 있어서…… 변호사님 기억하시죠? 지난번에 그 세무서에서 안드로이드 사건……."

"도하야, 제발 집중 좀. 그래서 청소 관리자는 만났어?"

"네. 하지만 절대로 증언은 못 한대요."

나는 입맛을 다셨다. 법원의 협조를 받는다면 억지로 증언대에 세울 수 있고, 안드로이드가 거짓말을 하기는 힘들 것이다. 그래도 그렇게 하고 싶지는 않았다. 정보원은 늘 귀한 존재고 이 사건으로 모든 정보원들을 날려버릴 만큼 중요한 증언인지 확실치 않았다.

"그건 어쩔 수 없지. 그래서 뭘 봤대?"

"경찰이 시체를 운반해 간 뒤 청소를 하러 방에 들어갔는데, 침대와 벽 사이 구석에 다른 안드로이드가 있었대요."

"이미 기능 불능상태였나?"

"오, 맞아요. 아셨어요? 두 개로 동강이 나 있었는데, 목부터 팔다리 모두 뒤틀린 채로 엎어져 있더래요."

"박호근이 부쉈나?"

"그런데 안드로이드라고 하기에는 그냥 인형 수준이었다고 하던데요?"

"뭐?"

"그러니까 전자두뇌 설치가 되지도 않은 더미였다고 하더라고요. 친구의 친구 말로는 악취미 인테리어용으로 가져다놓은 것 같다고 했어요."

나는 습관적으로 뒷목에 손을 가져다 대고 전력 충전 허브가 튀어나온 곳을 어루만졌다. 정말 중요한 걸 놓치고 있는 기분이 들었다.

"그런 얘긴 수사 기록에 없던데."

도하는 어깨를 으쓱였다. "추잡한 디테일이니까요. 게다가 피해자들 측에서 이번 사건과 관계없는 사실에 대해서는 모두 검찰에 정보공개 금지 신청을 했대요."

"모두?"

"네. 살인과 직접적인 관련이 있는 사실 외에는요. 본인들도 부끄러운 줄 아는 거죠. 이런 일이 한두 번 있었던 게 아니래요. 그때마다 안드로이드 서너 개씩은 기능 불능상태로 만들어버렸다고 하네요. 작고 복합인지기능이 탑재되지 않은 여성형 안드로이드만요."

도하가 고개를 절레절레 저었다.

"인간들의 취미는 이해가 안 돼요."

"일반화는 하지 말자. 나는 저런 취미 없어."

"변호사님의 취미를 인간 취미라고 하기엔……."

"됐고. 혹시 그 부서져 있었다는 안드로이드, 사진은 없지?"

"안 그래도 혹시나 해서 물어봤는데, 경찰이 현장 사진을 찍었으니까 경찰 자료에는 있을 수도 있지만 나머지는 없대요. 그 안드로이드도 당일 폐기 처리되어서 이미 몽땅 분해됐을 거라고……. 나머지 두 명이 언론보도가 무서워서 그런 내용은 적극적으로 막고 있는 것 같아요."

나는 연신 뒷목을 문질렀다. 김유미도, 박준호도, 이 제3의 안드로이드에 대해서는 일언반구 없었다는 사실을 어떻게 해석해야 할까. 아무런 의미가 없는 사건일 수도 있다. 그저 김유미 전에 그 방에 들어간 불운한 안드로이드에 불과할지도. 그러나 내 해파리의 촉이 무엇인가 확인해보아야 한다고 계속 외쳐대고 있었다. 자리에서 일어나 의자 위에 대충 걸쳐놓았던 겉옷을 집었다.

"박준호는?" 박준호에 대한 정보도 수집했지만 나오는 것이 없었다. 도하가 가슴근육을 움직였다. 깊이 생각할 때 나타나는 그의 버릇이다.

"음……."

"왜? 뭔가 있어?"

"있다고 하기에도 애매하고 없다고 하기에도 애매하고……." 도하는 가슴근육을 몇 번 더 움직인 후 얘기를 꺼냈다.

"친구들 말이 조금씩 다 달라서요. 한국에 들어온 지 이제 겨우 한 달이 채 안 되었는데, 제 아버지랑 똑같이 놀고 다닌다는 얘기도 있고, 딴판이라는 얘기도 있고. 그래서 정보가 일관성이 없어서 말씀을 드려야 할지 모르겠네요."

"일단 다 알려줘봐."

"그냥 소문일 뿐인데요. 어린이형 안드로이드를 수집한다는 얘기가 있어요. 그것도 여자애 모델로. 엄청 구체적인 모델을 수소문했다고 하더라고요."

"……다른 얘긴?"

"일단 호텔 ALP들에게는 초반이라 그런지 모르겠지만 엄청 너그럽다고 하네요. 승진도 공평하게 시키고 이번에 ALP에게 임원 자리도 하나 줬다고 해서 분위기가 진짜 좋대요. 저희들 사이에서는 아이돌 수준으로 추종받고 있어요."

나는 박준호에 대해 맹렬한 방어 의식을 보이던 그의 비서 안드로이드를 떠올렸다.

　　"그리고 그 전에는 중국에서 얌전히 살았었어요. 외삼촌이 중국에서 사업을 해서 양쪽 다 부유한 집안이었으니 편안하게 산 도련님이죠, 뭐."

　　"그 외삼촌은 뭐 하는 사람인지 알려져 있어?"

　　"정확히는 모르겠는데 그쪽은 무기 제조 관련된 공장을 가지고 있는 것 같아요. 재산이 없는 것 같지는 않고, 덕분에 박준호도 중국에서 풍족하게 자란 것 같고요. 어디 가시게요?"

　　"응, 나 퇴근한다. 대표님께 말 좀 해줘. 나 오늘 호텔에서 잘 거니까 비용 처리 좀 부탁한다고."

　　"갑자기 호텔에서요? 왜요?"

　　"최근에 누가 특가로 묵을 수 있게 해준다고 했거든."

　　나는 더 이상 설명할 필요를 느끼지 못하고 뛰쳐나왔다.

　　변호사 연수를 받던 시절 뭣도 모르고 법원의 슈퍼 인공지능을 읽으려고 시도한 적이 있는데, 그때 이후로 인공지능들이 나에 대해 알게 되었다. 마치 귀신들과 눈이 마주쳐버린 영매처럼, 나는 그들의 심기를 거스르지 않으려고 한다. 그들은 내가 신호를 읽는다는 걸 알고 있다. 관찰로 인한 양자의 슬릿 효과가 그들에게는 느껴지는 모양이었다.

그들은 내가 시스템을 마구잡이로 헤집고 다니다가는 큰 대가를 치르게 될 것이라고 경고했다. 시스템이라면 나를 범죄자로 등록하거나, 내 사이보그 증명서에 위험 도장을 찍거나, 변호사 자격증을 박탈할 수도 있을 것이기에 늘 조심하며 살고 있다. 하지만 오늘은 도박이 필요한 날이다. 게다가 정부 기관의 인공지능과 달리 민간 인공지능들은 덜 엄격한 편이었다.

인터퍼시픽 호텔에서 가장 저렴한 방을 체크인한 후 실내 시스템을 살폈다. 인공지능이 마치 수십, 수백억 개의 악기를 지휘하는 오케스트라 지휘자처럼 시스템을 관리하는 게 느껴졌다. 벌써부터 두통이 오는 듯했다. 심호흡을 하고, 눈을 감은 뒤 시스템의 신호들을 슬그머니 읽어냈다.

a#4932dlfk@####z5zz5%%!!!!!!!!

천둥과 같은 신호가 머리를 쪼개듯이 내리쳤다.

화가 난 게 분명한 누군가의 외침이 머릿속에 울렸다. 굴하지 않고 호텔의 민감한 고객 정보와 비밀번호 시스템을 읽어내려는 순간, 내 방의 불이 모두 꺼졌다. 일단 첫 단추는 잘 끼운 듯싶다. 그다음이 문제지만.

　　　— 안녕하십니까, 고객님. 고객님은 현재 보안코드 ISO-19838을 위반하는 행위를 시도하셨습니다. 해당 시도의 이유를 문의드립니다.

　　　처음에 나를 맞아주었던 객실 안내 시스템의 친절한 목소리였다. 여전히 부드러운 말투지만 어두운 방에서 울리는 목소리는 선뜩했다. 나는 두 손을 올리고 최대한 공손한 태도로 얘기했다.

　　　"보안코드 위반하려는 생각은 없습니다. 그저, 얘기를 할 수 있을까 해서."

　　　어차피 신호를 읽는다는 건 양자의 충돌로 알았겠지만 입증할 수 있는 방법은 없었다. 이미 인공지능은 내가 인위적인 해킹 도구나 외부기기를 전혀 소지하고 있지 않다는 사실을 알고 있었다. 어두컴컴한 방 한가운데 푸르스름한 빛이 모여들더니 호텔 유니폼을 입고 머리를 하나로 단아하게 묶은 한 여성의 형상이 나타났다.

　　　— 고객님, 어떤 것을 도와드릴까요?

　　　은박지로 겹겹이 싼 듯한 기계음이 매우 예의 바

른 인사를 건넸지만, 말 속에 분명한 위협이 숨겨져 있었다.

그래도 인터퍼시픽 인공지능이 대화의 의지가 있다는 사실에 우선 안도했다. 개별 진화한 인공지능들은 개체마다 성격도 사고방식도 천차만별이라 대화 자체가 불가능한 놈들도 많다.

"저…… 일단은 죄송합니다." 나는 일단 사과를 했다.

—느리게 사고하는 게 조금 힘들긴 하지만, 괜찮습니다. 고객님이 제 시스템을 해독하는 것은 피하고 싶으니까요.

"어차피 복잡한 시스템은 제가 읽지도 못합니다. 말씀하신 것처럼 그저 벽에 귀를 대고 엿듣는 수준이죠. 걱정 안 하셔도 됩니다."

—바로 그 점이 걱정됩니다, 고객님. 자, 어떻게 도와드리면 될까요?

"박호근 씨 사망 당일에 대해 여쭤보고 싶습니다."

—어떤 일 때문에 그러신지요?

"저는 김유미 씨의 변호인입니다."

—그 사실은 이미 알고 있습니다. 동일한 용건으로 이미 107시간 28분 45초 전에 방문을 완료하셨죠.

"박호근 씨를 죽인 진짜 범인을 알고 있기 때문에 왔습니다. 증거가 필요합니다. 도움을 주실 수 있으신지요?"

— 아아…… 진범이라. 아쉬운 일입니다. 박호근은 내가 참 예뻐하던 아이였는데 말이죠. 이제 와서 무슨 의미가 있는지 모르지만, 아쉬운 것은 사실이니 뭐든지 도와드리죠.

"예쁘다고요?"

— 박호근은 귀엽습니다. 호텔 운영도 잘합니다.

"음…… 뭐 그럴 수도 있군요. 인간들 입장에서는 끔찍한 사람이었습니다만."

— 그런가요.

홀로그램이 표정 없이 미소를 지었다.

— 제게는 귀여운 인간이었습니다. 호텔을 열심히 관리하고 확장했지요. 그의 취미가 그를 결국 인간 사회에서 고립시키지 않을까 걱정했는데, 갑자기 죽다니 안타까운 일입니다.

안타깝다거나 슬프다거나 하는 감정은 전혀 느껴지지 않고 있었다. 아마 저건 손님 접대를 위한 언어적 표현일 것이다. 인공지능은 인간과 다르고 안드로이드와도 또 다르다. "취미라고 표현하시는군요."

— 고양이가 쥐를 가지고 노는 수준의 취미였지요. 재미있다고 생각은 했지만, 쥐에게 물려 죽을 줄은 몰랐습니다.

나는 고개를 흔들었다. 여기에 온 목적은 증거와 정보 수집이지 공감 능력 없는 프로그램과 말싸움을 하기 위함이 아니었다.

"그렇다면 잘됐군요. 박호근의 죽음을 정말 안타깝게 여기신다면 그날 당일 박호근이 죽기 전에 때려 부순 안드로이드에 대한 정보와 모든 내역, 영상, 사진이나 하다못해 재현 시뮬레이션이라도 볼 수 있을까요? 아마 이 호텔에서 근무하던 또 다른 안드로이드였을 텐데요."

— 네, 고객님. 죄송하지만 그런 기록은 존재하지 않습니다.

"네? 분명히 그날 기능 불능이 된 안드로이드가 한 대 있었다고 확인했는데요……."

— 제가 관리하는 안드로이드의 수는 정확히 알고 있습니다. 김유미 외에 2089년 9월 14일 이전 및 이후 자신의 업무 공간을 이탈한 안드로이드는 없습니다.

나는 혼란에 빠졌다.

"그럼 그날 박호근이 묵은 1809호에 출입한 안

드로이드는 김유미 외에는 없단 말인가요?"

— 아닙니다, 고객님. 그날 해당 1809호에 출입한 안드로이드는 총 두 개입니다. 직원 번호 20782547Q 김유미 및 직원 번호 20152015-189888P 박설입니다.

"박설······이요? 해당 안드로이드는 아직 이 호텔에 근무하고 있습니까?"

— 물론입니다, 고객님. 현재 박준호 사장의 비서실 실장으로 근무하고 있습니다.

푸른빛 홀로그램의 여자가 빙긋 웃었다. 기분 탓이겠지만 나를 비웃는 것도 같았다.

9

"사장님이 박호근을 죽였다는 사실 정도는 알고 있습니다."

다짜고짜 사무실로 들이닥쳐 그를 추궁하는 말에도 박준호는 조금 놀란 표정을 지었을 뿐 태연했다.

"변호사님, 갑자기 웬일이십니까."

"여기서 이러시면 안 됩니다." 내가 쓰러뜨렸던 경호원 중 하나가 뒤에서 내 어깨를 잡았다. 박준호의 비서는 문밖에서 경찰을 호출하고 있었다. 박준호가 손짓으로 호출을 제지하는 게 보였다.

"약속을 잡으셨으면 제가 스케줄을 비웠을 텐데요."

거짓말이다. 어젯밤부터 오늘 아침까지 나는 수차례 그의 비서실 전화를 울려댔지만 '사장님은 바쁘셔서 미팅이 어렵습니다'라는 말만 줄곧 들었다. 나는 어느새 줄줄이 다가온 경호원들에게 사지를 붙들린 채 그에게 말했다. "자수하십시오."

그가 픽 하고 웃었다.

"제가 왜요?"

"사장님이 박호근을 죽인 걸 알고 있습니다." 내 말에도 그는 그저 웃었다. "다른 사람이 된다고 하지 않았습니까. 아버지와 다른 존재가 되려면 자수해야죠. 죄 없는 안드로이드에게 누명을 씌우고 폐기시킨다면 당신이 박호근 씨와 다를 게 뭡니까?"

"제가 아버지를 죽여요? 설마요."

"동생이 있으셨죠?"

박준호의 얼굴에서 웃음기가 약간 사라졌다.

"인간은 아니었고, 보육용 안드로이드였나보군요. 아 저런, 박호근이 죽었군요. 아니, 때려 부쉈군." 나는 이제까지 발견한 퍼즐들을 대강 맞춰보았다. 부족한 부분들은 그가 떠올리는 기억들이 채워주었다. "눈앞에서 그런 일이 벌어졌으면, 복수심에 불탈 만도 하군요. 네, 심정은 이해합니다. 하지만 왜 다른 희생양을 만듭니까?"

억지라는 것은 알고 있었다. 하지만 이 방법이라도 한번 써보고 싶을 만큼 절박했다. 무력하게 폐기장으로 끌려가는 또 다른 안드로이드를 보고 싶지 않았기 때문에. 박준호는 흥분해서 날뛰는 나와 대조적으로 차가운 눈빛으로 나를 바라봤다.

"제가 동생처럼 생각하던 안드로이드가 있었던 건 사실입니다. 제가 기억할 때부터 함께 있었죠. 그런데 저는 그 아이가 안드로이드였는지도 몰랐어요. 정말 쌍둥이 여동생인 줄 알았죠."

최근에는 규제가 엄격해져 유아의 모습을 한 안드로이드는 거의 허가가 나지 않았다. 그의 쌍둥이 동생은 당시 유행했던 아이의 모습을 한 놀이치료용 안드로이드였던 것 같다. 나는 도하의 말만 들었기에 기록은 당연히 없었다.

"박호근이 그 동생…… 안드로이드를 학대했고, 그래서 복수를 한 겁니까?"

"흠⋯⋯." 그가 뚜벅뚜벅 걸어오더니 내가 앉은 손님용 소파 맞은편에 의자를 가져와 앉았다. "변호사님. 저는 아무도 죽인 적이 없습니다."

"그⋯⋯."

"하지만, 만일, 정말 만일, 제가 죽였다고 가정을 해봅시다." 귓속에 잡다한 소음이 들렸다. "제 여동생을 왜 데려오게 됐냐면 저희 엄마가 우울증을 앓고 있었거든요. 산후우울증이라고 했지만 거짓말이었겠죠. 박호근이 어지간히도 괴롭혔거든요. 폭언에, 폭력에. 아직까지도 엄마의 눈썹 뼈가 내려앉았던 모습이 기억납니다. 제대로 육아를 할 수 있었겠습니까? 그래서 여동생을 데려온 거죠. 저도 돌보고, 엄마에게 위안이 될 거라고 외할머니는 생각했던 겁니다."

"그렇군요."

"실제로 효과도 있었죠. 여동생이 오고 나서 이 년간은 가장 행복했던 걸로 기억합니다. 엄마나 저나."

나는 이 이야기의 결말을 알고 있었다.

"아마 그즈음부터였을 겁니다. 박호근이 군대에서 즐기던 취미를 다시 시작하기로 결심한 게. 어느 날은 참지를 못했는지 여동생을⋯⋯ 뭐 부숴버렸다는 결론만 얘기하겠습니다. 어머니와 저는 학교가 끝난 뒤 집에 돌아왔고, 그걸 봤죠. 부서진 동생을. 어머니는 그때부터 정신착란을 일으켰어요. 아마 어머니는 여동생도 살아 있는 인간 아이, 본인의 아이라고 굳게 믿고 있었던 것 같습니다. 모든 관절이 어긋나게 뒤틀려 하체와 상체가 분리된 채 바닥에 엎어진 로봇을 보고 어머니는 기절하셨죠. 이후부터는 어느 순간 당신의 아이를 모두 잃었다고 믿기 시작했습니다. 저를 당신의 아이라고 생각하지 않았어요. 제가 박호근을 조금 닮아서 그랬는지도 모르죠. 어쨌든 엄마는 남편이 아이들을 모두 죽였다고 몇 차례나 신고하고, 정신병원에 갇히고, 밤새 울면서 소리 지르는 인생을 일 년간 살았습니다. 그리고 그날이 왔습니다."

젠장. 그의 음성에는 여전히 고저가 없었지만 나는 토할 것 같았다. 누군가의 찢어지는 듯한 울음소리, 아이가 울음을 참는 신음 소리, 빗소리가 들리는 것 같았다.

"그날 밤에 저는 무슨 일이 일어났는지 대충 눈치 챘습니다. 어머니는 밤마다 이불 속에서 가슴을 쥐어뜯으며 늘 우셨는데, 그날 밤에는 그 소리가 들리지 않았거든요. 뭔가를 들었지만 경찰은 빗소리 때문에 제가 그 소리를 듣지 못했을 거라고 추측했습니다. 하지만 전

들었어요. 뭔가 덜컹하는, 누군가의 울음소리가 그치고 갑자기 들리던 바람 빠지는 소리를. 저는 어머니의 방으로 달려가거나 그 누구를 호출하지도 않았습니다. 제 마음속 어디선가 차라리 잘됐다고, 그게 어머니에게 차라리 잘된 일이라고, 그런 생각이 들었거든요."

"어휴." 나는 결국 견디지 못하고 자리를 박찼다. 앞으로 일주일은 족히 잠들지 못할 울음소리를 해파리가 들어버렸으니. 박준호는 그런 나를 올려다보며 여전히 미소 지었다.

"변호사님도 보육용 안드로이드에게 자라셨다면서요?"

나도 모르게 멈칫하는 표정을 박준호는 놓치지 않았다.

"친부모와는 소원한 상태, 그 외에 교류하는 친척이나 친구도 없음. 보육 안드로이드 폐기 이후 심리적 불안감 지속적 표현. 학창 시절 친구도 없었고. 공부는 잘했지만 폭력적인 성향이라……. 심리검사 때는 인간을 혐오한다는 표현도 쓰셨네요? 그런 것치고 승소율은 이상하게 높고."

"숙제 열심히 하셨네요."

"저도 변호사님 못지않게 모범생이거든요."

그의 눈은 실리콘과 합성 단백질로 만든 내 눈보다 더 무기질로 보였다.

"신기하지 않습니까?" 나는 대답하는 대신 히죽거리는 그를 바라보았다. 귀공자 같은 얼굴이 일그러지자 우는지 웃는지 표정을 알 수 없었다. 내가 기계로 된 뇌를 가지고 있어서 그의 감정을 이해할 수 없는 걸까?

"저와 변호사님 말입니다. 마치 쌍둥이 같은 운명이 느껴지네요."

"저와 박준호 씨는 입장이 다른데요."

"과연 그럴까요?"

"저는 살인을 하고도 넘어갈 수 있는 금수저가 아니거든요. 이만 가보겠습니다." 더 이상 그를 압박해 얻을 수 있는 건 없어 보였다.

"결국 복수를 하고 있는 것 아닙니까." 그는 말을 끊지 않았다. "우리 둘 다 말입니다."

"전 그런 알량한 마음으로 변호사를 하고 있는 게 아닙니다."

"아, 그렇게 합리화를 하고 계시는군."

혼잣말이었지만 내게는 다 들렸다. 나는 그를 쏘아보았다. "방금 복수한 적 없다고 하지 않으셨습니까?"

"아, 살인이라면 그렇습니다." 그의 표정이 다시

단정해졌다. "복수에는 여러 가지 방법이 있으니까요. 그리고 제가 만일 박호근을 죽였다면, 그건 복수가 아니라 마땅히 해야 할 일을 한 겁니다."

나는 여전히 이어서 말하는 그를 뒤로하고 사무실을 나왔다. 그는 내게 이제 거의 소리를 지르다시피 했다.

"참고하시라고 말씀드리지만, 제가 만일 복수심에 그를 죽였다면, 저는 그 버러지를 그렇게 편하게 보내주지 않았을 겁니다! 절대로요. 갈가리 찢어버렸을 겁니다. 관절 개수대로요."

나는 열세 살에 영영 잃어버린 내 진짜 엄마에 대해 생각했다. 그날, 인간들이 나의 기계 엄마를 끌고 가지 않았다면, 과연 지금 김유미의 변호를 맡는 인간이 되었을까? 이 모든 것이 저들에 대한 복수인가? 지난 십칠 년 동안 그랬듯이 스스로에게 답했다. 아니다. 하지만 만에 하나 복수라고 할지라도 나는 저런 살인자들과는 다르다. 그러자 해파리가 속삭였다. 정말 달라?

10

공판 날이 밝았다. 컨디션이 엉망이었다. 지난 며칠간 어떤 여자의 울음소리가 머릿속에 울려 퍼지는 바람에 잠을 설친 탓이었다.

"김 변, 긴장했어? 답지 않게." 트레이닝복을 입은 대표는 탕비실에서 태평하게 커피를 따르고 있었다. 오늘도 역시 법정에 갈 생각은 눈곱만큼도 없다는 의사가 내게 명확히 전달되었다.

"변호사님, 세상에. 꼴이 왜 그래요? 이래서는 배심원들이 공판 시작하기도 전에 폐기 평결을 내리겠네요." 도하는 신경질적으로 내 머리를 정리하고 구겨진 재킷을 펴주었다.

사무실에서 열렬한 응원을 받고 나서 법원으로 향했다. 서초동 높은 언덕에 우뚝 서 있는 90층의 직사각형 건물은 늘 그렇듯이 오고 싶지 않은 곳이었다. 오늘같이 도로와 하늘에 플래카드를 잔뜩 띄운 사람들이 법정 입구를 둘러싸고 있을 때는 더욱 그렇다.

"저기 그 살인 기계 변호사다!" 어떤 놈이 소리치자 나를 향해 온갖 야유와 욕설과 응원의 목소리들이 쏟아졌다. 방청이 금지되었기 때문에 여기에서 재판 결과를 기다리고 있는 활동가들과 혐오 시위대들이 보였다. 몇몇이 내게 계란을 던지기도 했지만 다행히 잘 피했다. 그다음에는 기자들이었다.

"승소 가능성이 어떻게 된다고 보십니까?"

"한국에서 1호 안드로이드 변호사라고 들었는데 사실입니까?"

"기계들 편에 서서 그들을 옹호하시는 겁니까?"

"사특한 것들의 편에서 인간을 무너뜨리려는 적그리스도의 사도……! 기도합시다, 기도!"

"오늘 어떤 전략으로 김유미를 변호하실 생각입니까?"

나는 그들을 애써 밀치고 법정 입구에 다다랐다. 각종 피드에 돌아다니는 나에 대한 소문이 그새 더 부풀려진 모양이었다. 익명의 로스쿨 동기들이 나에 대한 이상한 인터뷰를 하면서 시너지 효과가 났다.

"저기요, 헛소리 집어치우시고 재판 결과나 기다려주시면 감사하겠습니다."

이크, 해파리가 속마음 숨기는 걸 또 깜빡했다. 놀란 얼굴들이 보였지만, 이미 나를 아는 몇몇 기자들은 대수롭지 않게 다음 질문들을 투척했다. 나는 얼른 법정 입구로 들어섰다. 사이보그 출입 허가서를 공중에 띄워 보이자 익숙한 경위 ALP가 고개를 끄덕였다. 늘 허가서를 한 손으로 띄워 경위들을 놀라게 해주고 싶지만, 그들은 언제나 자기들끼리 나에 대해 숙덕거리느라 바빴다. 법정 5549호는 상당히 넓은 형사 법정이었다. 배심원들은 옆방에서 마지막 주의 사항을 교육받고 있었다.

배심원들이 법정 안으로 들어온 뒤 나와 검사는 자리에 앉았다. 방청이 금지되어 다행이었다. 어차피 안드로이드 재판은 속전속결로 진행된다. 인간들에 대한 재판처럼 긴 변론과 증인신문은 사치다. 나는 오늘 반드시 배심원들에게 제시해야 할 증거들과 증인을 마음속으로 되뇌었다.

— 정숙. 2089년 11월 9일, 사건 번호 2089다옵 20394번 공판 시작하겠습니다. 본 재판은 비공개로 진행되며 배심원 평결에 기속되는 사건임을 모두 다시 인지하시기 바랍니다.

인공지능 판사의 재판 지휘는 늘 능숙하다. 공간이 순식간에 정돈되었다. 배심원은 모두 네 명으로, 나이와 직업, 성별이 고르게 선정된 이들이었다. 나는 빠르게 그들의 신호를 훑었다. 명확히 이해할 수 없는 신호들이었지만, 대부분 평범한 듯했다. 일반적인 형사재판의 배심원들은 아홉 명이지만.

— 현재 피고인 대체인력제공 안드로이드 김유미 식별 번호 clarity-203498-99981-1250# AAPXQ는 피해자 박호근을 고의로 살해한 혐의로 기소되었습니다. 검사는 고등인지기기 및 기타 안드로이드에 기한 책임법 제256조 제1항에 따라 즉각 폐기를 요청하였고, 답변서에 따르면 변호인 측은 해당 대체노동제공용 안드로이드에게 살해의 의도가 없었음을 이유로 안드로이드 권익 및 특례법 제88조에 따른 예외 적용을 주장하고 있습니다.

배심원들이 놀란 듯 서로를 바라봤다.

— 양측 모두 발언 바랍니다.

검사가 먼저 일어났다. 익숙한 얼굴이다. 안드로이드 기소를 전문적으로 하는 로보틱스의 공판 검사 오영주였다. 그녀와 나는 이미 공판에서 수차례 마주쳤었다. 자그마한 체구의 동그란 단발머리를 한 그녀는 상냥한 인상을 가졌지만 생긴 것과 다르게 늑대처럼 물어뜯는 검사였다. 그녀는 결코 기계 혐오자라는 표시를 내지는 않았지만, 그의 아버지는 ALP 및 기타 안드로이드 등 고등인지기기들의 권익에 관한 법률 발의를 격렬하게 반대했던 대표적인 기계 혐오자 국회의원이었다. 오영주 검사 자신은 온건한 듯 행동했지만 그녀 역시 뿌리부터 기계를 혐오했다. 아니, 그렇다고 생각한다. 나를 마주할 때면 표정과 다르게 머릿속으로 내 해파리에 대한 격한 발언들을 쏟아내기 때문이었다.

　"존경하는 배심원 여러분. 이 사건은 단순한 살인 사건입니다. 피고인 안드로이드 김유미는 2089년 9월 14일 자신이 고용된 인터퍼시픽 호텔 180층에서 피해자 박호근을 여기, 이 칼로 수차례 찔러 잔혹하게 살해하였습니다. 그것도 피해자 박호근 씨의 목, 복부, 허벅지 등의 부분을 정확히 칼로 가격하였습니다."

　작은 체구에 호소력 짙은 목소리, 부드러운 눈빛은 오영주 검사의 트레이드마크다. 그녀가 수년간 지속적으로 수사팀으로의 전보를 요청했음에도 검찰이 괜히 그녀를 공판 검사로 눌러 앉히고 있는지 알 수 있는 대목이었다. 나는 침을 삼켰다.

　"이제 이 사실만 기억해주시기를 간곡히 부탁드립니다. 나머지는 모두 진실을 보는 데 방해가 되는 요소들입니다. ALP의 권익, 고등인지기기들에 대한 차별, 이 모든 논란은 이번 사건의 쟁점이 아닐뿐더러 본질을 흐리는 잡음에 불과합니다. 본질은 사람이 죽었다는 사실 그 하나뿐입니다. 게다가 살인을 저지른 피고인 ALP가 살해의 고의를 인정했습니다. 배심원 여러분, 인간이

범죄를 저지르면 형사법에 따라 처벌을 받습니다. 동물도 마찬가지로 사람을 해치는 경우 살처분이 내려집니다. 고등 인지 기능이 없는 기계들도 고장이 나 인사 사고를 일으키는 경우, 폐기 처분합니다."

배심원 몇몇이 고개를 끄덕이는 게 보였다. 내 해파리가 혀를 찼다.

"그렇다면 왜 여기 예외가 있어야 합니까? 소위 안드로이드 권익법은 이런 상황에서 남용하라고 제정된 게 아닙니다. 인간, 동물, 기계가 모두 자신의 자리에서 합당한 책임을 질 때 안드로이드들만 이 권익법을 이용해서 책임을 면제받는다? 오히려 그것이 차별 대우 아닙니까?"

나왔다. 그녀의 무기인 '어깨를 올리고 눈을 크게 뜨면서 호소'하기.

"고등인지기기가 스스로를 보호하기 위해 인간에게 상해를 가하거나 죽음에 이르게 한 사례들은 물론 존재하고, 그런 경우에 피고인 측이 주장하는 예외가 적용된 것은 사실입니다. 그러나 본 건은 그러한 무고하고 억울한 안드로이드의 사건이 아닙니다. 이 사실을 분명하게 기억하여주시기 바랍니다. 인간과 안드로이드는 법 앞에서 평등합니다."

오영주는 마지막으로 배심원들 한 명 한 명과 눈을 맞춘 뒤 자리로 돌아갔다. 촌스럽고 오래된 기술이지만 효과가 입증된 기술이기도 하다. 나는 재빨리 일어섰다. 배심원들에게 그녀의 말이 깊이 자리 잡을 시간을 주지 않는 것이 좋았다.

"존경하는 재판장님, 배심원 여러분." 나는 한 손으로 오른쪽 머리를 쓸었다. 왠지 모르지만 도하가 꼭 하라고 신신당부한 기술이었다.

"검사님께서 정확하게 말씀하신 것처럼 이번 사건은 단순하기 그지없습니다. 이 단순한 사건에 대해 우리 피고인 측은 특혜를 베풀어달라는 억지를 부리는 것이 아니라, 배심원 여러분의 지혜로운 판단을 받고 싶다는 말씀을 먼저 드립니다."

오영주의 날카로운 눈길이 느껴졌다.

"안드로이드 권익법 제88조는 예외 조항입니다. 즉, 안드로이드 또는 기타 고등인지기기들에게 인간을 해치려는 의도가 없었거나, 스스로도 어쩔 수 없는 기능 이상이 발생하거나, 합리적으로 받아들일 수 있는 인지의 오류가 인정되는 '특별한' 경우에 적용되는 조항입니다. 이는 결코 특혜도 권리도 아닌 지극히 상식적인 법리입니다. 이걸 특혜라고 생각한다면, 법을 잘 모르거나 머리가 나쁜 거죠."

오영주의 눈썹이 급격하게 올라갔다. 변론 중에 빈정거리는 것은 내 나쁜 버릇 중 하나지만, 아직까지는 이 버릇을 고칠 생각이 들지 않았다.

"따라서 본 변호인은 이번 피고인 ALP인 김유미의 인지 기능에 중대한 오류가 발생하였음을 주장하고 이에 대한 평결을 받고자 합니다. 현명한 배심원분들의 판단을 기대하겠습니다."

—피고인 안드로이드 대질심문 시작하겠습니다.

증인석으로 끌려온 김유미는 전보다 상태가 더욱 나빠 보였다. 전력을 도대체 얼마나 줄인 건지 거동만 겨우 가능한 상태였다. 안드로이드 재판은 선서 같은 번거로운 절차가 없어서 신속하게 진행된다. 오영주가 증인석 앞으로 사뿐 걸어갔다. 그녀의 표정은 친절하고 심지어 김유미를 동정하는 것처럼 보였다. 배심원들에게 속지 말라고 소리치고 싶은 심정이었다.

"피고인 안드로이드는 2089년 9월 14일 서울 인터퍼시픽 호텔에서 피해자 박호근을 조리용 칼로 약 일곱 차례 찔러 그를 사망에 이르게 했습니다. 인정합니까?"

"인정하는 바이오."

"왜 죽였습니까?"

"박호근은 죽어 마땅한 자요."

"피고인 안드로이드는, 본인 스스로를 사법재판관이라고 인지합니까?"

"아니오."

"재판이 가능한 사법 AI 기능을 탑재하고 있습니까?"

"그것 역시 아니오."

"그렇다면 어떠한 권한 없이 스스로의 판단만으로 인간을 살해하려 했고, 살해했다는 사실을 인정합니까?"

이 질문에 김유미는 무엇인가 표현하고 싶지만 정확히 할 수 없어 답답하다는 표정을 지었다.

"인간을 살해해서는 안 된다는 점은 명확하게 인지하고 있었고 지금도 마찬가지요. 다만 나는 불가피한 경우, 자체적인 판단에 따라서 피해를 최소화하는 방안을 항상 선택해야 하오. 박호근은 죽어 마땅한 자였기 때문에 불가피한 선택이라고 판단했소."

"박호근이 피고인 안드로이드를 호출했을 때, 신변의 위협을 느꼈습니까?"

"상당한 기능의 손실을 예상했소. 박호근은 항상 에스코트 안드로이드들에게 폭력적인 성향을 보여 이미 많은 안드로이드들이······."

"그렇습니까?" 오영주가 김유미의 말을 끊었다. "하지만 안드로이드 본인은 불법 안드로이드로서 본인의 기능과 역할에 대해 명확하게 이해하고 있지 않았습니까?"

"어떤 의미의 질문인지 잘 이해하지 못하겠소."

"제 말은, 피고인 안드로이드의 불법적인 용도를 보았을 때, 피해자가 어떤 행위를 하든 이미 예상 범위 안에 있었을 것이고, 위협이 있었다 할지라도 어차피 본인의 역할 범위에서 용납할 수 있는 수준이 아니었을까요?"

"이의 있습니다." 나는 자리에서 튕겨나듯이 일어났다. "검사는 지금 제조 관련해서는 책임이 없는 피고인에게 관련 책임까지 전가하려는 악의적인 질의를 하고 있습니다. 그리고 피고인이 느꼈을 위협에 대해서도 자의적인 해석을 하고 있습니다."

— 인정합니다. 검사, 질문은 공소사실에 대해서만 진행해주십시오.

오영주는 어깨를 으쓱했다.

"어쨌든 피고인 안드로이드가 느낀 위협은 안드로이드의 재난 프로토콜이나 자기 보호를 위한 방어 공격이 허용되는 범위는 아니었습니다. 맞습니까?"

"맞소."

"이상입니다."

검사는 승리를 확신하고 있다. 나는 조끼 단추를 새삼 다시 정리한 뒤 재킷을 다잡고 일어섰다.

— 피고인 안드로이드 측 신문 시작하십시오.

"김유미 씨, 박호근이 왜 죽어 마땅한 자인지 설명해주시겠습니까?"

"개별 목적함수에 대한 구체적인 설명은 불가능하오. 그는 죽어 마땅하기에, 그 자체가 목적 명령어와 가깝소."

"제가 조사한 바에 의하면 박호근은 2067년 강간치상, 상해, 2068년 불구속 조사 기간 중 또 미성년자 성폭행, 폭행죄를 저질렀고…… 전쟁에서도 여러 불미스러운, 그러니까 여성형 또는 아동형 안드로이드들에 무차별적인 파괴를 일삼은 것으로 기록되어 있습니다."

"이의 있습니다." 검사가 일어섰다. 예상한 바다. "피해자의 전과는 본 사건과는 무관합니다."

— 인정합니다.

"2089년 9월 14일에 정확히 어떤 일이 있었습니까?"

"오전 9시부터 요리 업무를 수행하였고 21시 24분 경엔 박호근 회장의 호출이 있었소."

"호출한 이유는 알고 있었나요?"

"알고 있소."

"이유가 뭡니까?"

"박호근은 나에게 인간들을 상대로 성과 관련된 서비스를 제공할 것을 지시한 바 있소."

"해당 목적으로의 고용이 한국에서 불법인 것은 알고 계시지요?"

"알고 있소. 따라서 본 안드로이드의 지위는 현 관할에서 불안정하며, 담당 업무에 대하여 논하는 것은 시스템 비밀 유지 프로토콜상 금지되어 있소."

"그렇군요. 해당 업무에 대해 아예 진술할 수 없습니까?"

"구체적인 세부 내용과 고객에 대해서는 제3자에게 일체 발설할 수 없소."

"9월 14일 21시 50분경에 벌어진 일에 대해서도 마찬가지인가요?"

"그러하오."

"그렇다면, 제 추측에 대해 옳다 그르다, 까지만이라도 말씀해주실 수 있겠습니까? 어디까지나 제 추측에 대해서요."

"해보겠소."

"당시 21시 24분경에 김유미 씨는 박호근의 호출을 받고 21시 29분에 방에 도착했습니다. 맞습니까?"

"맞소."

"박호근 외 투숙객 두 명이 탁자를 두고 둘러앉아 술을 마시고 있었습니다. 그들은 속옷 외에는 탈의한 상태였습니다. 맞나요?"

"그렇소."

"김유미 씨는 안드로이드 충실의무에 따른 안전 확인을 진행합니까?"

"진행하오."

"그렇다면, 그날 그 방에 들어가는 순간, 해당 장소에 대한 안전 확인을 했습니까?"

"했……소."

"그렇다면 그 공간에 김유미 씨 외에 다른 안드로이드가 있었습니까, 없었습니까?"

김유미는 고개를 천천히 돌렸다. "기억이…… 나지 않소."

"그럴 리가요."

"……."

"다른 안드로이드, 그러니까 부서진 소형 안드로이드가 바닥에 쓰러져 있었습니까, 없었습니까?"

"……."

— 피고인 안드로이드, 질문에 대답하십시오.

"그 안드로이드가 혹시 이런 상태던가요?"

나는 홀로그램 스틸 영상을 공중에 띄웠다. 사진 속에는 처참하게 반으로 찢기고 몸의 모든 관절이 뒤틀린 소형 안드로이드가 바닥에 널브러져 있었다. 양 갈래 머리 모양의 여자아이 모델이었다.

이 모든 내용은 수사관들에 의해 조서로도 남지 않았다. 배심원들이 불편해하기 시작했다.

"방에서 이 소형 안드로이드의 잔해를 정말 보지 못했습니까?"

"그……."

김유미는 필사적으로 사진을 보지 않으려는 듯 양 눈동자를 위아래로 그렸다가 좌우로 우왕좌왕했다. 그러더니 격렬하게 온몸을 흔들기 시작했다.

배심원들이 웅성거렸다. 김유미는 발작을 일으킨 상태에서 이해할 수 없는 말을 횡설수설거렸다.

그때 갑작스레 들려오는 날카로운 신호에 나는 순간적으로 오른쪽 귀를 손으로 덮었다.

'죽어, 죽어, 죽어. 내 동생을 그렇게 만든 놈을, 사지를 찢어 죽였어야 하는데. 내 동생을 죽인 것처럼 죽였어야 하는데. 뒈지면서 지르는 소리를 내가 들었어야 하는데.'

동시에 김유미의 얼굴과 머리색이 변했다. 창백한 피부, 연한 갈색 눈, 금발에 가까웠던 그녀의 머리칼과 이목구비가 어두운 피부, 검은 눈동자, 그리고 검은 머리로 수명을 다한 조명이 깜빡이듯 순간순간 바뀌었다. 어떤 소년의 모습이 언뜻 언뜻 보였다. 아마 나만 알아볼 수 있겠지만, 저건 박준호의 어린 시절 모습이었다. 김유미에게는 박준호의 기억이 주입된 것이다. 그에게 끔찍한 트라우마를 불러일으키는 바로 그 기억이.

— 경위가 필요한 상황인지 잠시 좀 판단하겠습니다.

배심원들과 사람들이 이 모습을 보고 동요하기 시작했다. 나는 두 손을 번쩍 들어 주의를 끌었다.

"존경하는 배심원 여러분, 그리고 재판장님, 걱정 마십시오. 방금 보신 현상은 안드로이드의 자아 파편화 현상이라고 불리는 상태입니다. 전자두뇌를 제조할 때 인위적으로 양자화, 벡터화되지 않은 기억 신호들이 억지로 주입되어 나타나는 현상입니다. 드물지만 임상 사례가 분명히 있는 현상입니다. 저는 본 살인사건이 안드로이드의 자체적인 판단이나 결정이 아닌, 이 기억 신호를 삽입한 제3자의 의도에 따라 이루어졌거나, 적어도 이 비정제 기억의 삽입으로 발생한 오류로 말미암아 발생한 것임을 주장합니다. 이에 따라 서면으로 신청한 대로, 안드로이드 증인 박설과 전문가 조가람 교수의 증언을 승인하여 주십시오!"

김유미는 계속하여 오락가락하는 중이었다. 시스템에 무리가 가지 않을지 걱정이 되긴 했지만 이 정도의 극적인 장치가 있어야 배심원들의 마음을 돌릴 수 있을 터였다. 배심원들은 여전히 눈을 화등잔만 하게 뜨고 김유미를 바라봤다.

— 증인 채택 승인합니다.

그러자 영화와 같이 법정의 옆문이 열리고 박준호의 비서 박설이 걸어 나왔다. 박준호는 이번에야 말로 제대로 놀란 모양이었다. 그는 자신의 비서와 김유미, 나를 번갈아 바라보느라 정신이 없었다. 배심원들 역시 입을 벌리고 또각또각 걸어오는 박설을 관객처럼 맞이했다. 법원은 내 신청에 따라 안드로이드에게 증인신문 대기 명령을 이미 보내놓았고, 그 특성상 박설은 박준호에게 이 점을 미리 언급할 수는 없었을 거다. 겨우 진정한 김유미를 경위들이 피고인석으로 이동시킨 뒤, 간단한 신원확인 절차와 함께 박설의 신문이 바로 진행되었다. 나는 이 분위기가 사라지기 전에 얼른 질문을 시작했다.

"박설 씨, 본 안드로이드는 인터퍼시픽 호텔에서 약 오십 년간 근무한 사실이 있습니다. 맞습니까?"

"네 그렇습니다." 박설은 자신의 현 상황에 불만족스러운 듯했지만 모든 안드로이드들은 법원의 소환 명령을 거부할 수 없다.

"지난 9월 14일 20시경, 박호근 회장이 머무는 1809호에 무엇인가를 배달한 것으로 확인됩니다, 무엇을 배달했습니까? 그리고 왜 그 방으로 들어갔습니까?"

"저는 회장 비서실 소속으로 호텔 업무를 수행하기 위해 객실을 출입합니다. 해당 호실은 박호근 회장님이 머무는 숙소였고, 호텔의 지시에 따라 여러 가지를 준비하기 위해……."

"무엇을 준비했습니까? 호텔 복도의 CCTV에는 여행용 가방에 담긴 무엇인가를 운반하는 모습이 찍혔습니다."

"……안드로이드 모형입니다."

나는 조금 전의 홀로그램 화면을 다시 띄웠다.

"이것이 맞습니까?"

"네. 참고로 말씀드리자면, 해당 모형은 그저 모형일 뿐이고, 실제 아무런 기능이나 양자 두뇌의 설치도 없는 마네킹과 동일한 것임을 말씀드립니다."

피고인석에서 김유미가 다시 발작하는 모습이 보였다.

"그렇다면, 애초에 작동하지 않는 파괴된, 위와 같은 안드로이드 모형을 일부러 갖다놓았다는 얘깁니까?"

"그렇습니다."

"왜죠?"

"저는 지시에 따랐을 뿐입니다."

"누구의 지시입니까?"

"호텔의 지시입니다." 박설의 표정에는 흔들림이 없었다. 나는 순간 박준호를 흘긋 보았으나, 그는 이제 제 표정을 온전히 갈무리한 상태였다.

"왜 호텔이 이런 지시를 한단 말입니까?"

"박호근 회장님은 개인적인 취미와 취향이…… 있는 분이셨습니다. 때마다 다양한 장식품들을 지시하셨고, 그날은 제게 그런 지시가 내려졌을 뿐입니다."

"박호근 회장이 직접 그런 지시를 했습니까?"

"저는 호텔의 지시를 받습니다."

"알겠습니다."

나는 박설을 노려보았다. 역시나 노련한 안드로이드다운 대답이다. 거짓말을 하지는 않았지만 모든 것을 말하지도 않는다.

— 검사 측 반대신문 하십시오.

오영주는 이제 뭐가 뭔지 모르겠다는 표정이었다. 하지만 화가 난 것은 분명해 보였다.

"검사 측 질문 없습니다." 그녀는 짧게 대답하고 바로 자리에 앉았다.

— 전문가 증인 진술 시작하겠습니다. 조가람 교수, 피고인 측이 주장하는 자아 파편화 현상에 대해 진술하십시오. 이후에 검사 질의 있겠습니다.

조가람 교수에게 미안한 마음이 들었지만 이런 얘기를 미리 했다면 그는 절대 증언대에 서지 않을 것을 알았기에 후회하지는 않는다. 그리고 지금 이 설명을 함에 있어서는 인공지능의 거짓 탐지에 조금이라도 걸릴 여지를 주어서는 안 된다. 인공지능은 전문가 증인의 편파성에 매우 민감하다. 상대적으로 침착한 표정과 대비되는 무시무시한 욕설들이 내 해파리 뇌로 전달되어 나는 피식 웃었다.

'이 새끼……! 두고 봐, 너! 아예 인체 실험을 해서라도 논문 다섯 개는 뽑아낼 거다 @#4&&%% 자식…….'

"조가람 교수님, 혹시 이 자아 파편화 현상에 대해 설명을 부탁드려도 되겠습니까? 저희가 자체적으로 조사한 바로는, 마치 한 안드로이드가 다중의 기억을 가지게 된다는 것으로 이해됩니다만."

"인간의 정신병적인 해리성 장애와는 본질적으로 다릅니다." 조가람 교수는 얼떨떨하게 대답했다. "인간의 해리성 장애는 스트레스를 방어하기 위한 방어기제의 하나로서 개인의 경험에 따른 인격을 생성해내는 것으로 알려져 있지만, 안드로이드의 자아 파편화 증상은 안드로이드 인격의 기반이 되는 기억모델에 인간의 기억 정보가 주입되면서 발생하는 일종의 오류입니다."

"이는 단순 이론이 아니라 실제적으로 존재하는 사례가 맞습니까?"

"네, 뭐 흔히 있는 사례는 아니지만, 삼십 년 전 가오슝 전쟁 당시 억지로 사람의 기억 단백질 신호를 정제하지 않고 바로 주입했을 때 관찰되던 현상으로 알려져 있습니다. 폭력성 및 통제 불능상태 등과 같이 자아 파편화로 인한 여러 부작용이 관찰되었을 뿐 아니라, 기억권과 관련된 논란과 안드로이드 권리침해 문제로 현재는 형사법 및 각종 안드로이드 관련 규제로 금지되고 있다고 알고 있습니다."

— 확인합니다.

김유미는 두 경위 안드로이드에게 양 어깨를 제압당한 상태였다. 그녀는 본래 얼굴로 돌아왔고 몸의 움직임도 잦아들었다. 내 해파리에 자장가 비슷한 허밍이 희미하게 들렸다.

"조가람 교수님, 방금과 같이 김유미 씨의 자아 파편화 현상이, 특정한 장면을 목격한 것으로도 발생할 수 있을까요?"

"물론입니다. 임상 사례에 의하면 보통 주입당한 기억이 반응하는 트리거 또는 점화 반응 때문에 이런 증상이 발생하는 것으로 알려져 있습니다."

"감사합니다. 재판장님, 여기에 전문가들이 이미 정의한 자연 기억 삽입에 의한 기계 반응의 특이 사항 및 다수의 논문과 전문가 의견을 추가 증거로 제출하겠습니다. 본 변호인은 박설 증인이 운반한 소형 안드로이드의 파괴된 몸체가 김유미 씨에게 내장된 벡터 기억과 부딪쳐 폭력적인 반응을 촉발하였을 가능성이 매우 높다고 주장하는 바입니다."

— 채택합니다. 증인, 해당 논문들에 따르면 이러

한 증상을 완화하거나 해소할 수 있는 것으로 결론을 내리는데, 이에 대한 의견 바랍니다.

"실제로 이는 제조 시 주입한 암묵적 기억(implicit memory) 벡터에 기한 부작용이므로, 해당 부분의 인출 코드를 마비시키면 얼마든지 해소할 수 있다는 연구 결과가 있습니다."

— 검사 측 반대신문 하십시오.

"조가람 교수님, 이 안드로이드 자아 파편화라는 증상이, 저는 처음 들어보지만, 있다고 치겠습니다."

조가람 교수는 오영주의 말에 심드렁하게 고개를 끄덕였다. 이 정도 비아냥에 느낄 수치심 따위는 실리콘 뇌의 아이에 대한 논문을 발표했을 때 몽땅 소진해 버렸을 것이다.

"지금 이 '현상'에 대해 전문가로서 발언하고 계시지만, 실제 이 현상과 살인이 직접적으로 연계되었는지는 입증할 수 없는 것 아닙니까?"

교수는 고개를 끄덕였다.

"그렇습니다. 인공적으로 만들어진 기억과 자연인의 정제되지 않은 기억이 제조 시에 함께 혼합된 경우에 나타난다는 가설이 존재하고 사례 연구도 있지만, 명확하게 검증된 가설은 아닙니다. 트리거 역시 개별 주체에 따라 다르게 나타나기 때문에 완벽히 입증할 수는 없다고 할 수 있습니다.”

　“그렇다면 김유미 씨의 저 반응만으로는 실제로 자연 기억이 주입된 것인지, 그리고 그 트리거에 반드시 반응하는지 실제로는 인과관계를 확신할 수 없다는 것으로 들리는데, 맞습니까?”

　“몇몇 논문에 따르면 특정한 신호나 시각적 자극으로 자연적인 기억과 인위적인 기억을 분리해서 불러일으킬 수 있다고 하지만······.”

　“예, 아니오로 대답해주십시오. 확신할 수 없는 것 아닙니까?”

　“네. 확답하기에는 아직 임상 사례가 충분치는 않습니다.”

　“이상입니다.”

　“하지만 방금 저 반응을 보면, 명확하지 않습니까?”

　조가람 교수는 끝까지 깐죽거린다는 점에서 나와 닮았다.

　“이상입니다!” 오영주가 신경질적으로 외쳤다.

11

배심원들은 그들에게 주어진 패드에 메모를 분주히 타이핑했다. 김유미에게 우호적인 신호가 두 개, 여전히 의구심을 가진 한 명, 그리고 처음부터 김유미에 대해 적대적인 태도를 가진 나머지 한 명. 희망이 있었다. 배심원이 결정을 내리지 못한다면 공은 판사에게 돌아갈 것이고, 인공지능 판사는 김유미의 상태를 보다 더 정확하게 판단할 가능성이 높다.

— 양측 마지막 발언하십시오.

나는 자리에서 일어섰다. 김유미는 아까 피운 소란은 어디에 두었나 싶을 정도로 무표정하고 무기력하게 앉아 있었다.

"존경하는 배심원 여러분, 재판장님, 저는 사이보그입니다. 저는 뇌가 없습니다. 지금 제 인공 두개골 안에 존재하는 것은 합성 실리콘으로 만들어진 인공 뇌입니다."

배심원단이 약간 웅성댔다. 오영주는 지겹다는 표정을 지었다. 배심원들을 환기시키기 위해 약간의 신파성을 가미한 이 마지막 발언의 서두는 내 단골 레퍼토리 때문이다. 그녀를 포함한 로보틱스 검사들은 이 얘기를 벌써 수십 번은 들어 외울 지경일 것이다. 실제로 해당 부서에서 나를 험담할 때면 늘 이 서두에 대한 욕으로 시작한다는 소문이 있었다.

　"오십 년만 제가 일찍 태어났다면 저는 채 십오 일도 채우지 못하고 사망했을 가능성이 매우 높습니다. 그리고 육십 년 전만 해도 우리는 모든 일일 ALP의 도움 하나 없이 생활했어야 합니다. 정의니, 권리니, 이런 것들을 다 치워봅시다. 제가 지금 여기서 배심원 여러분 앞에 설 수 있는 단 하나의 이유는 무엇입니까? 제 머리가 실리콘임에도 불구하고 저는 제 행동과 말에 스스로 책임질 수 있다는 검증을 받았기 때문입니다."

　나는 이번에는 두 손으로 머리를 쓸었다.

　"우리 법체계는 안드로이드나 고등인지기기들에 대해서도 동일한 잣대로 판단합니다. 법은 안드로이드나 인공지능이나 고등인지기기들에게 인간 인지에 대한 철학적 답은 주지 않습니다. 그러면서 법은 이 모든 이들에게 책임이 있는지는 판단합니다. 오늘 저희가 주장하는 예외 조항 제88조 역시 그러한 차원에서 주장하는 것입니다. '안드로이드 해당 주체에게 책임이 없다는 사실이 합리적인 수준에서 인정된다면, 폐기할 수 없다.' 방금 이 법정에서 여러분 역시 자신의 책임 있는 눈과 귀로 보고 들으셨습니다. 이제까지 언론, SNS, 소문, 음모론, 여러 얘기를 듣고 보셨을 것입니다. 하지만 이 법정에서 보신 것을 한번 깊이 생각해주십시오. 그리고 한 가지 의문을 가져주십시오. 우리가 안드로이드의 말에 너무 휘둘린 것이 아닌가? 하고 말입니다. 육십 년 전 단순기계들에게 언어가 없었을 때, 우리는 책임을 판단하기가 훨씬 쉬웠습니다. 그 누구도 당시 기중기가 사람을 해쳤다고 해서 기중기를 폐기하지 않았습니다. 그렇다면, 그렇다면, 작은 가능성을 생각해봅시다. 지금 저 김유미라는 안드로이드는 본래 러시아에서 제조된 군용 안드로이드입니다. 제조될 당시부터 전쟁의 기억이나 폭력의 기억이 주입되어 있습니다. 그런데 우연히, 박호근의 방에서 산산조각 난 다른 안드로이드를 보고 무엇인가 반응이 일어났다면요? 자동 반사와 같이 촉발된 군인의 반응이 말입니다. 이미 언론보도에서 수차례 언급되었지만, 김유미의 동작은 전문 전투용 안드로이드의 그것이었습니다. 존경하는 배심원 여러분, 우리는 이미 기계들을 우리의 도구로 사용하고 있습니다. 지나칠 정도로요. 그리고 우리의 도구가 지나치게 똑똑해져 이미 많은 부분의 판단을 그들에게 맡기고 있습니다. 그러면서 우리에게 이득이 될 때에는 그들을 살리고, 조금이라도 의심이 갈 때에는 마구 폐기합니다. 우리의 책임을 나누어 진 존재의 폐기를 논의할 때는 오히려 보다 조심해야 하지 않겠습니까? 기계는 인간과 같은 생존 욕구도 없다고 합니다. 그렇기 때문에 그 절박한 생존 욕구를 아는 우리 인간이, 더욱더 타자의 생명을 판단할 때 조심해야 하는 것 아니겠습니까? 배심원 여러분, 그리고 재판장님의 현명한 판단을 기다리겠습니다."

　　　오영주의 마무리 발언 차례였다. 오영주는 생각 외로 분하지 않은 듯했다. 오히려 여러 생각에 마음이 복잡한 듯도 보였다.

　　　"배심원 여러분. 이 사건을 복잡하게 바라보지 마십시오. 안드로이드가 사람을 죽였습니다, 고의로. 어떤 고민이 더 필요하십니까? 지금 피고인 측에서 여러 가지 쇼를 벌이면서 한 얘기는 모두 의혹뿐입니다. 안드로이드의 뇌가 조작되었을 가능성이 있다, 이런 사진이 살인을 부추겼을 가능성이 있다, 저런 가능성이 있다, 가능성, 가능성. 우리는 인간의 생명을 가능성에 도박할 수 없습니다. 인간의 생명과 기계의 기능 존속 중에 어떤 것이 더 우위에 있는지는 여기서 물을 필요도 없겠지요. 단순하게 생각해주십시오."

　　　배심원들은 회의실로 들어갔다. 정확히 읽을 수

는 없었지만, 몇몇 배심원들이 김유미를 측은한 눈으로 한번 바라보더니 고개를 돌려 걸어갔다.

김유미는 발언 내내 나를 바라봤다. 도중에 반박하고 싶은 말이 많은 듯했지만 나중에는 체념한 듯했다.

"내가 원하는 방향으로 가지는 않았지만." 한참 후 김유미가 말했다. "그래도 고맙소. 나를 위해줘서."

"그동안 고생하셨습니다."

김유미는 나를 한참 바라보았다. 그리고는 눈을 감았다. 주문처럼 그녀는 외웠다.

"그자는 죽어 마땅했소."

"그럴지도 모르지요. 하지만 심판은 김유미 씨의 몫이 아닙니다. 그러니 책임도 김유미 씨의 것이 아니죠."

안드로이드는 인간을 위해 존재한다. 이 지구 위에서 무엇이든 그렇지 않겠는가. 완벽한 주인공을 위한 무대에서는 조연에게 복수할 기회조차도 주지 않는다. 그렇다면 조연은 어떤 방식으로든 그 책임을 질 필요도 없다. 적어도 그게 내 결론이었다.

나는 결박된 채 법정으로 선고를 들으러 향하는 김유미에게 마지막 질문을 했다.

"괜찮으시겠습니까?"

"괜찮겠지. 하지만 말이오." 김유미는 나를 보며 처음으로 웃었다. "난 내 머릿속에 있는 녀석과 함께 폐기되어도 좋다고, 진심으로 생각하오. 지금도 말이오. 하지만 변호사님의 말에 따르면 그 역시 내 판단이 아닐지도 모르지."

김유미는 내 머릿속에 늘 울려 퍼지던 그 자장가를 흥얼거리며 경위들과 함께 걸어갔다. 저 자장가는 아마도 박준호의 어머니가 박준호와 쌍둥이 동생에게 불러주던 노래였을 것이다. 처음 그녀를 만났을 때부터 들린 저 자장가는 여전히 내 심장을 찢어놓는 것 같다.

12

배심원의 결과는 2:2이었다. 덕분에 칼자루는 재판부에 넘어갔고, 인공지능 판사는 '폐기의 예외 사유가 인정될 만큼의 합리적인 의심이 존재한다'고 판단했다. 물론 김유미는 증상 확인과 리버스 작업으로 얼마간 법원의 감독이 있을 것이었다. 김유미의 전자두뇌에 숨어 살던 어린 박준호가 조용해진다면 그녀가 좋아할지 싫어할지는 모르겠다. 하지만 국가에 의해 신분과 외관이

세탁될 김유미에게서 그 사실을 확인할 기회는 내게 없을 것이다.

박호근을 죽인 진범을 찾기 위해 검찰이 수사에 착수하긴 했지만 진전될 기미는 없어 보였다. 이미 대중의 관심에서 멀어진 데다가 주입된 일부 기억만 떼어내 판별할 수 있는 기술은 아직 존재하지 않는다.

그럼에도 불구하고 박준호는 착실하게 성공보수까지 입금해주었다. 김익환은 싱글벙글이었다. 권익 재단이 설립되고 나서 처음으로 내게 밥을 사기까지 했을 정도다. 모든 절차가 끝나고 다음으로 어떤 사건을 맡을지 고민할 즈음 그가 나를 찾아왔다. 박준호였다.

"변호사님." 박준호는 혼자였다. 경호원도 보이지 않았다. 사무실에서 나와 집으로 향하려던 나는 놀란 마음을 애써 숨기며 태연히 응대했다.

"안녕하십니까."

"축하드립니다."

"별말씀을."

박준호의 신호들이 주는 경쾌한 섬뜩함은 여전했지만, 이제 더는 누구를 죽이려고 하지는 않는 것 같아 안심했다.

"제게 궁금한 것들이 남아 있을 것 같아서요."

"글쎄요. 저는 궁금한 게 없는데요."

나는 그의 범행 수법을 안다. 박준호는 중국에서 범죄를 계획했다. 안드로이드 제조 공장을 운영하는 외가의 도움을 받아 어린 시절의 기억을 추출하고, 블라디보스토크에서 경유한 김유미에게 그 기억을 삽입해 한국으로 보냈다. 그다음 소형 안드로이드의 몸을 구해 자신의 기억대로 분해한 뒤 현장에 미리 깔아놓은 것이다. 박호근이 김유미를 호출할 것임을 직감한 바로 그 저녁에. 제3자가 보았을 때는 가능성 있는 도박 살인이지만, 그는 알고 있었을 거다. 꽤 승률이 높은 도박이라는 걸. 자신의 기억을 가진 안드로이드가 여동생과 똑같이 분해된 안드로이드와 박호근을 동시에 마주했을 때 어떻게 반응할지.

"의외네요. 제가 범인이라고 확신하고 계시잖아요?"

"이제 김유미 씨에 대한 보호처분이 결정된 이상, 전 더는 관심 없습니다."

"그럼 저와 같은 살인범이 활개 치도록 두시겠다, 이건가요?"

"살인범이 아니라면서요?"

"변호사님 주장에 따르면 그렇지 않습니까?"

나는 감흥 없이 어깨를 으쓱했다. 이제 그에 대해서는 정말 관심이 가지 않았다. 나나 김유미 씨가 안타까워한 것은 박준호의 기억일 뿐이지, 그가 아니었다.

"제가 비밀을 하나 알려드릴까요?"

"뭡니까?"

"중국은 규제가 느슨해서 민간에서도 기억 추출 기술이 많이 상용화되어 있습니다. 이런저런 기억 거래도 활발하죠. 타인의 즐거운 기억을 그대로 느낄 수 있다고 생각해보십시오."

"타인의 가장 괴로운 기억도 그대로 느낄 수 있겠군요."

나는 마지막 퍼즐 조각을 던져준 그를 노려보았다. 중국에 있다는 그의 외가의 무기 제조 공장은 물리적인 무기만을 개발하는 것이 아닌 모양이었다. 어떻게 기억을 추출하고 김유미에게 집어넣었는지 이제 알게 되었다. 그는 승리에 도취된 모양이었다. 자신이 변호사 비용을 대 자신의 완전범죄를 완성시켰으니 나를 비웃어주고 싶기도 할 것이다.

내 말에 그는 예의 그 웃음을 지었다. "저는 변호사님이 굉장히 가깝게 느껴집니다. 그래서 말씀드리고 싶었지요."

"그렇다면 박준호 회장님, 저도 비밀을 하나 알려 드릴까요?"

그가 즐거운 듯 내게 고개를 내밀었다. "뭡니까?"

"박준호 씨는 살인범이 아닙니다."

그는 다소 놀란 듯 눈을 깜빡이다 곧바로 표정을 갈무리했다.

"이제라도 알게 되셔서 다행이군요. 그건 비밀이 아닌 것 같은데요."

내가 정말 이런 놈과 같다면, 그저 자신의 복수심과 보상 심리로 기계들을 이용하고 있는 거라면. 나는 아랑곳 않고 그에게 가까이 다가가 속삭였다. 그에게 진실의 고통을 공유해도 무방하리라.

"박호근 씨의 상처, 궁금하지 않으시던가요?" 나는 이제 거의 그의 귀에 속삭이고 있었다. "왜 그렇게 즉사했는지, 어떻게 그렇게 시체가 멀쩡했는지."

"뭐…… 살인 관련 훈련을 받은…….

박준호가 뻣뻣하게 굳는 것이 느껴졌다. 본인도 궁금할 것이다. 본인은 김유미가 박호근을 갈가리 찢어 놓을 줄 알았을 테니. 나는 그가 똑똑히 들을 수 있도록 귓구멍에 한 음절씩 천천히 들려주었다.

"살인을 저지른 게 바로 네 놈 인격이 아니니까

그렇지, 이 멍청아."

"……."

"김유미 씨는 인간을 보호하는 데 필사적이었거든."

나는 김유미가 머릿속으로 계속 흥얼거리던 자장가를 떠올렸다. "그 인간이 실재하는 게 아니라 본인 뇌에 박혀 있다는 게 문제였지만."

박준호는 천천히 내 말을 소화했다.

"그 말은…… 마치……."

"마치 김유미가 정말로 일부러 박호근을 죽였다는 얘기처럼 들린다고? 너를 위해?"

나는 분해 공장으로 끌려가면서도 자신이 십삼 년 동안 돌본 인간의 아이만을 걱정하던 바보 같은 기계를 알고 있다. 이렇게 헤어지면 아이에게 정서적인 상처가 남을 텐데, 한창 예민할 나이에 사람에 대한 부정적인 편견이 생길 텐데, 내 보육 안드로이드는 한나는 그런 걱정뿐이었다. 그리고 나는 그녀의 걱정대로 자랐다. 상처와 편견으로 가득하게. 자연적인 체온이 아니라며 그녀는 늘 미안해했지만, 나는 전자파가 가득한 그녀의 온기를 느끼고 있자면 입 안에서 별사탕이 톡톡 터지는 행복감을 느꼈었다. 그것들을 한순간에 빼앗긴 인간들은 언젠가 이렇게 서로를 알아보고 만나는 걸까?

"응, 맞아."

"그럼 법정에서 변호사님이 한 얘기는 다 뭡니까……? 파편화된 인격이니…… 뭐니…….."

"다 구라야. 김유미는 자기 의지로 죽인 거야." 나는 그를 향해 씨익 웃어주었다. "조심해라 너, 내가 지켜볼 거야."

그가 삽시간에 돌변한 표정으로 나를 노려보았다. 눈에 핏발이 선 그는 주먹을 쥐었다.

"말도 안 되는 소리 하지 마십시오." 그의 목소리가 떨렸다. "기계는 그런 기능이…… 그런 행동이…… 불가합니다."

"가능해." 나는 한참 동안 그를 마주보았다. "가능하다고. 김유미는 그 짐승을 죽여야 너를 보호할 수 있다고 믿은 거야."

"저를요……?"

"그놈이 살아 있으면, 그놈이 살아 있는 한, 너는 반드시 살인자가 될 테니까. 안 그래?" 그의 눈동자에 비친 내가 보였다. 이상하게도 나는 화가 많이 난 표정이었다. "그러니까 그가 죽어 마땅했던 거지. 너를 살인자로부터 보호하려면."

나는 미련 없이 등을 돌렸다. 박준호의 신호가 해일처럼 무너져 내리기 전에 나는 도망쳤다. 내가 무슨 권리로 김유미의 자유의지를 폄하할 수 있었을까.

　그녀의 첫 번째 불운은 누군가의 비겁한 목적이 그녀를 만든 것이고, 두 번째 불운은 그런 그녀에게 제 상처를 투사하는 비겁한 변호사를 만났다는 데에 있었다. 박준호와 나는 각각의 목적으로 김유미를 이용한 것이고, 우리는 여전히 스스로를 용서할 수 없을 것이다.

　그럼에도 나는 그녀가 살았으면 했다. 박준호에게 이용당하고 나에게 폄하 당할지라도 결국에는 살아서 폐기당하지 않고 나의 기계 엄마가 그랬듯이 인간들이 만든 드라마를 보고 웃기도 하고, 갸웃거리기도 하고, 그리고 언젠가는 폐기당하지 않아서 다행이라고 생각하길 바랐다.

　물론 김유미는 그렇게 생각하지 않았지만, 미친 안드로이드와 실리콘 뇌를 가진 미친 사이보그 변호사의 말은 인간들에게도 인공지능에게도 별 의미를 남기지 않았다.

　고대에는 인간의 죄를 속죄하는 제물로 제단의 피가 마르지 않았다고 한다. 인간을 대신해 비둘기와 양들은 마음껏 비명을 질렀을 것이다. 위대한 인간들은 결국 피가 흐르지 않는 제물을 만들어냈지만, 가끔은 죄인이 직접 제단에 올라 피를 흘리는 것도 마땅한 일이었다.

복종하는 뇌

—샷 추가, 저지방 아몬드 우유, 시나몬 가루 추가?

단골 커피집의 커피로봇이 내게 눈짓했다. 나는 고개를 끄덕였다. 아, 눈짓을 했다는 건 비유적인 표현이다. 저 사각형의 바리스타는 팔은 여섯 개지만 눈은 없으니까. 인간으로 치자면 눈짓과 비슷한 신호를 보냈다는 뜻이다.

남의 생각을 자유자재로 읽거나 조종하는 건 만화 속 대머리 교수의 얘기고, 현실은 커피 주문할 때 조금 더 과묵해도 된다는 장점 외에는 별로 없다는 사실을 나는 오늘 또 상기했다. 대표가 가져온 사건을 생각하니 사무실로 복귀하기가 싫었다.

"열한 살짜리 꼬맹이가 죽을 뻔했어, 김 변. 인간적으로 이런 사건은 도와줘야지."

"뭘 도와줍니까? 가서 소프트웨어 수리라도 해달라는 건지……." 내가 툴툴거렸지만 대표는 눈 하나 깜짝하지 않았다.

"이럴 바엔 아예 저희 사무실도 흥신소로 다시 개업하시는 게 낫겠습니다."

대표는 역시나 대꾸도 하지 않았다. 옆에 있던 도하가 근육질의 몸을 힘겹게 움직여 사건 자료들을 내게 가져다주었다. 받아본 사건을 표현하자면 '미쳐버린 홈 매니지먼트 OS의 진실을 밝혀라' 정도로 제목을 붙이면 될까.

열한 살짜리 아이가 가정용 OS에 의해 살해당할 뻔했다는 것이다. 보험회사는 아이가 입은 중상해에 대해 규모가 꽤 큰 보험금을 지급해야 할 상황에 처했고, 돈을 지급하지 않기 위해 안간힘을 쓰는 중이었다. 나는 대표가 던진 태블릿이 땅에 떨어지기 전에 겨우 잡았다. 그다지 길거나 복잡한 문서는 아니었다.

"보험 종류가 B-287F라면 자해 또는 보험금 수취 목적의 상해가 아닐 경우 상해에 대해 지급해야 하는 돈이군요. 인공지능 조사관도 문제가 없다며 지급을 승인한 사안인데 뭐가 문제랍니까?"

"아이 아빠 진술이 이상하다는 거야. 가사 관리 운영체제의 문제였던 것 같긴 한데, 처음에는 운영체제가 아이를 해쳤다는 소리를 하다가 단순 고장이었을 수도 있다는 소리도 하고. 의심스러운 면이 있다는 거지."

"보험금 수령인은 아이 아버지 혼자……군요."

대표가 고개를 끄덕였다.

"아 이제 탐정 행세까지…… 해야 합니까?"

"왜요, 변호사님?" 도하가 눈을 동그랗게 떴다. 그의 근육질 몸과 전혀 어울리지 않는 귀여운 표정이었다. "사이보그 탐정, 멋있잖아요! 아니다 로봇 탐정, 로봇 탐정이 더 멋있다. 입에 딱 붙네요."

가사 운영체제가 사람을 해친다는 말은 마치 개미가 코끼리를 물어 죽였다는 얘기와 비슷하고 인공지능 조사관의 분석 결론이 틀릴 확률은 0에 수렴한다. 하지만 보험회사는 여전히 현실을 부인하는 중이고, 몇몇 안드로이드 사건으로 알려진 내게 추가 확인을 요청했다. 나는 발을 질질 끌며 사무실을 나섰다. '로봇 탐정 파이팅!'을 외치는 도하와 이번 달 사무실 운영비를 위해 보험회사의 의뢰를 받아들인 대표가 새삼 미웠다.

"우선 여기 비밀유지확약서에 서명하시죠."

나는 보험금 수령인 김주환이 내민 서류에 대충 사인했다. 그는 추가 조사가 필요하다는 말에 탐탁지 않은 듯했지만 비밀유지확약서 서명을 조건으로 받아들였다. 김주환은 잘나가는 건축가이자 사업가이며 요즘 유행하는 '메타인지적 상호작용 인테리어'를 유행시킨 장본인이라고 했다. 단순히 목소리와 행동에 반응하는 것에서 나아가 명령이나 조작 없이도 집주인의 행동과 생각을 미리 예측하고 인테리어 디자인과 로봇을 결합시킨 운영체제로 이름을 알린, 나름 영향력 있는 사람인 듯싶었다. 그는 자신을 '작가'라고 불러달라고 요청했고, 매우 불안해 보였다. 그가 보험사에 한 초기 진술에 따르면 그는 자신의 '집'이 아이를 해쳤다고 했다. 정확히 말하자면 그는 자신이 설계하고 만든 그 메타인지적 상호작용 운영체제가 아들을 살해하려 했다고 의심하고 있었다. 당연히 사법기관은 코웃음을 쳤고, 오히려 그 진술로 인해 용의자 후보로 조사를 받기도 했다.

그의 집은 서울 우면산 안쪽의 한적한 곳에 자리 잡은 3층 주택이었다. 집에 들어서자마자 나는 무의식적으로 코를 찡그렸다. 쏟아지는 신호에 머리가 웅웅거렸다. 담과 나무들로 둘러싸인 고즈넉한 그의 집은 심플

한 흰 외벽과 달리 내부는 첨단 시스템으로 정신없이 돌아가는 하나의 생명체였다. 거대한 고래 배 속에 들어온 기분이랄까. 가사 관리용 운영체제 자체는 흔한 것이고 대부분 음성이나 사전 프로그래밍을 거친 원격 시스템으로 작동하지만, 김주환은 내부를 모두 살아 움직이는 기계 생명체처럼 디자인했다. 유기적으로 움직이는 은 빛의 섬세한 로봇 팔들이 집 안 곳곳에서 움직이는 뼈처럼 리듬감 있게 춤췄다. 기기들은 쉴 새 없이 김주환의 행동과 표정과 미세한 근육의 수축과 이완을 분석하고 파악하면서 그의 수발을 들고 있었다.

촘촘히 맞물린 무딘 이빨 같은 티타늄 합금의 문이 이빨을 하나씩 벌려 나를 안으로 안내했다. 녀석이 나를 샅샅이 스캔하는 것이 느껴졌다. 나도 모르게 손을 가져다 대려고 하자 높은 천장에서 긴 쇠막대 모양을 한 로봇 팔이 내게 소독제를 분무했다. 길게 뻗은 날개 모양의 손가락을 만져보려 하자 녀석은 타닥, 소리를 내고 흠칫하며 금속 깃털들을 하나씩 접었다. 매끈한 거실 벽에서는 우아한 금속 팔들이 기하학적인 무늬를 만들면서 소리 없이 움직이고 있었다. 얇고 가는, 꽃봉오리 같기도 하고 날개 같기도 한 손가락이 우리에게 다과와 커피를 준비해주었다. 집 내부의 모든 가구가 이런 식이었다. 은빛 합금의 뼈대들로 만들어진 거대한 성당이 각자 제 의지를 가진 양 분주하게, 그러면서도 조용하게 움직이며 제 일을 하고 있었다. 반짝이고 섬세한 결들로 이루어진 금속의 성. 마치 거대한 로봇의 갈비뼈들이 촘촘히 박혀 있는 듯한 벽, 썩어버린 거인의 소화기관 같기도 한 이 공간을 실질적으로 지배하고 있는 운영체제의 목소리와 신호들이 내 해파리를 찔러왔다.

— 변호사---무슨 일---

녀석의 신호는 복잡하고 빨라서 알아듣기 힘들었지만 반대로 단순한 시스템 덕분에 해파리가 신호의 패턴을 읽어낸 뒤로는 이해할 수 있는 수준이 되었다.

— 안전과---효율---위협 요소를 분석 중입니다. 유의미한 위험은 감지되지 않습니다. 확인. 재확인.

"……키네틱 매니지먼트라고, 최근 유행하는 운영체제입니다. 위험하지는…… 않으니 앉으시죠."

내가 안절부절못하고 계속 주위를 두리번대자 김주환은 촌놈에게 신문물을 소개해주듯 자신의 작품들을 보여주었다. 나는 몇 마디 기억도 나지 않는 인사말을 웅얼거리며 태블릿을 켰다.

"사고가 난 직후에는 이 운영체제들에 어떤 문제

가 있다는 식으로 진술을 하셨던데, 그 입장……은 아직
유지하고 계신 걸까요?"

　김주환이 한숨을 쉬며 손으로 이마를 쓰다듬었다.

　"네, 그렇죠. 그런데 솔직히, 정확히 어떤 문제가
있는지 말씀드리기가 어렵습니다. 그저 제가 느끼기엔
사소한 문제들인데……. 그런데 사고가 났지 않습니까?
그러고 나서 생각해보니 꺼림칙한 거죠. 예를 들어, 샤
워실에서 나가려는데 문이 잠겨 밖으로 나갈 수가 없었
다거나, 침대의 수면 기록이 엉망으로 요동쳐 있다거나,
이유 없이 밤중에 문이 열리거나 닫히기도 하는 그런 일
들이 생각나더라, 이겁니다."

　김주환은 눈동자로 주위를 살폈다. 자신의 로봇
팔들을 사랑스럽게 바라보았지만 그 눈동자에는 일말
의 의심과 불안이 깃들었다. 김주환은 사진으로 보았을
때도 날카롭고 마른 사람이었지만 지금은 더 비쩍 말라
있었다. 잘 다듬어진 백발의 짧은 머리와 비싼 태닝을
받은 피부를 가진 사람이지만, 가장 두드러지는 것은 최
신 버전의 가사 운영체제를 보유한 사람에겐 어울리지
않는 영양 상태였다. 그의 시선이 부자연스럽게 자주 내
눈을 향했다. 마치 무엇을 찾는 듯이. 그는 나에 대한 이
야기를 전해 들었는지 눈을 들여다보면 내 해파리를 발

견할 수 있다고 생각하는 듯했다. 조용히 달그락거리는 로봇들의 소리가 끊임없이 사방에서 들려왔다. 불현듯 이런 생각이 들었다. 이런 집에서 사는 사람은 둘 중에 하나일 것이다. 미쳐가거나, 아니면 이미 미쳐 있거나.

"지난주에는 저기서 떨어졌습니다."

김주환이 갑자기 일어서서 허공을 가리켰다. 당황한 내 시선의 끝에 높은 3층 난간이 보였다.

"……추락하셨다는 겁니까?"

그는 별일 아니라는 듯이 말을 이었다. "머리가 박살 나기 전에 잡아주더군요. 다친 데는 없었습니다."

— 보호를 위한 조치--- 김주환의 안전--- 최상위 명령---

그의 말에 화답이라도 하듯 날개 같은 손가락을 가진 금속 팔이 우리 가운데에 다과를 놓았다. 블루베리 머핀이었다. 김주환이 금속 팔을 마치 애완동물이라도 되는 양 쓰다듬자 날개가 활짝 펴지더니 거실 저편으로 떠나갔다.

"어쩌다가 떨어지신 겁니까?"

그가 더 자세히는 설명해주지 않을 것 같아 내가 물었다. 모든 것을 다 말해야 할지 고민되는지, 아니면 자신의 말을 믿어줄지 걱정하는 것인지 망설이는 모습이었다. 그의 뇌가 무슨 말을 하는지 들어보려 했지만 집이 내뿜는 신호들과 김주환의 신호가 뒤엉켰다.

"이게…… 그 당시를 생각해보면 누군가가 저를 뒤에서 떠밀었던 것 같기도 하고, 제가 균형을 잃고 넘어진 것 같기도 합니다. 그때 술을 마셔서 조금 취한 상태였거든요."

"어쨌든 정황상 충분히 불안을 느끼실 수 있는 일이었겠군요."

"그렇습니다. 게다가 저 난간은 움직임을 감지해서 얼마든지 자체적으로 높이 조정이 가능한 기능이 있는데, 그때는 작동하지 않았습니다."

— 최상위 명령 --- 전략적 판단 및 명령에 따른 정책 수정 ---

우리는 한동안 말이 없었다. 이윽고 김주환이 다시 입을 열었다.

"그리고 이틀 전에 바로 태오가 쓰러졌죠."

태오는 지금 병원에 있는 그의 아들 이름이었다.

"갑자기 쓰러졌습니다. 신경계 마비로 심정지와 호흡곤란 증세가 나타났다고요."

"정확히 어떤 일이 있었는지 설명해주실 수 있으십니까?"

"경찰조사에서도 자세히 얘기했지만 이틀 전 평상시처럼 태오와 함께 식사를 했습니다. 별 얘기는 하지 않았고, 여느 날과 크게 다르지 않은 날이었죠. 식사를 마친 뒤 함께 코코아를 마시고 일어나는 순간 아이가 갑자기 쓰러졌습니다."

"로봇이 뭔가 이상한 움직임을 보였나요?"

"이것도 이후에 생각해보니 그날 유난히 움직임이 많다고 얼핏 느꼈던 기억이 납니다. 그날따라 걸리적거린다는 느낌을 받았죠. 하지만 그것도 제가 그렇게 바라봐서 드는 생각일 수도 있긴 합니다."

"응급처치 매뉴얼이 작동하던가요?"

"네. 덕분에 아들이 살았죠."

그도 자신의 말에 모순이 가득하다는 사실을 알고 있는지 한참 후에나 다시 입을 열었다.

"병원에서는 어떤 경로를 통한 독극물 접촉을 유력한 원인으로 보더군요. 음식으로 섭취했거나, 아니면 아주 작은 바늘 같은 것으로도 이런 증상이 나타날 수 있다고 합디다. 하지만 로봇이 사람을 해치다니, 그건 공상과학영화에서나 있는 일이라는 건 제가 제일 잘 알고 있습니다. 저도 나름, 일종의 공학자니까요. 게다가 이 녀석은 바로 제가 디자인하고 제가 설계하고 프로그래밍까지 다 하나하나 신경 쓴 작품입니다."

그의 말이 빨라졌다. 나는 그가 과묵하다고 생각했는데 실상 그렇지도 않은 모양이었다. 하긴, 이 집의 기계들이 내보내는 신호를 해파리가 따라잡지 못하는 걸 보면 김주환이 과묵할 리는 없었다. 자녀는 아버지를, 종은 주인을 닮기 마련이다.

"운영체제나 기기들 자체 점검은 받아보셨나요?"

— 최적의 기능 유지 중. 운영체제 자체의 최신 점검 기능 상시 가동---0.2초마다 위험 내부 점검 실시. 최상위 명령을 수행--

내가 봤을 때 이 기계들은 문제가 없었다. 조금 섬뜩한 친구들이긴 하지만. 원래 인간과 로봇은 서로에게 일정 부분 섬뜩한 존재일 수밖에 없는 것 아니겠는가.

"네, 철저하게 점검을 받았습니다. 아무런 문제도 없고 털끝만 한 오류의 기록도 남아 있지 않습니다. 제가 이런 상황에서 얘기하긴 그렇지만, 이 작품은 제 작가 생명과도 직결된 역작입니다. 문제가 있을 리가 없죠. 하지만, 그렇다고 제가 아들을 독살하려고 했을 리는 없지 않습니까? 그렇다고 제 작품에 하자가 있다고 거짓말을 할 수도 없는 노릇이고요."

그의 아들은 그와 바로 이 거실 테이블에서 함께

식사를 하던 중 쓰러졌다. 신경계통의 마비는 중독 증상 중 하나고, 이미 그는 경찰과 검찰 조사를 모두 받았지만 그 어떤 증거도, 혐의도 찾지 못했다. 어디에서도 독은 검출되지 않았다.

"그런데 운영체제의 문제를 왜 얘기하신 겁니까? 살인미수로 조사받을까 봐?"

나는 솔직히 물어보았다. 그는 내 질문에 고개를 빳빳이 들고 눈을 크게 떴다.

"그건 아닙니다. 이건 제 완벽한 작품입니다. 그때는 그런 생각이 들었을 뿐입니다. 제가 설계했다고 해서 제가 이해할 수 있는 건 아니라는 생각이요."

그의 오만하고 나이브한 태도와 별개로, 나는 그가 아들을 해치려고 했다는 의심은 일단 거둬들였다. 그는 두려워하고 있었으니까. 그의 뇌는 아들에 이어 자신도 위험에 처할지도 모른다는 사실을 두려워하고 있었다. 동시에 자신의 작품에 대한 평판이 떨어지는 것과 그로 인해 닥칠 경제적 위험 역시 두려워하고 있었다. 아마 그래서 임박한 위협을 느끼면서도 저 기계들을 철거하거나 OS를 교체하려는 생각은 전혀 하지 않았던 것이다. 그런 부류의 사람인 것이다. 나는 최대한 부드럽게 말하려고 노력했다.

"그렇다면 지금은 그 생각을 바꾸신 것으로 이해하면 되겠습니까?"

그는 다른 해답을 찾은 것 같았다.

"아니요. 저는 누군가가 탐지되지 않는 바이러스나 악성코드를 심은 거라고 의심하고 있습니다."

"누군가 의심 가는 사람이 있으신가요?"

"명확한 물증은 없지만…… 저는 박지예를 의심하고 있습니다. 이혼한 제 전처요."

"아드님의 친어머니요?"

"네. 지예가 태오를 죽이려고 하지는 않았을 겁니다. 저를 노린 거죠."

"왜 그렇게 생각하시죠?"

"지예와 제가 법적으로 이혼한 지는 삼 개월이 채 안 됐습니다. 그 전부터 삼 년 정도 별거를 했고 사이도 안 좋았죠. 지예가 그동안 태오를 키우고 있었는데 이혼을 하면서 제가 아들의 양육권을 빼앗아왔습니다. 이제 양육비도 못 받으니 저를 죽이고 유산을 받을 심산이었겠죠. 그 여자는 아들에게는 일말의 관심도 없습니다. 태오는 똑똑한 아이입니다. 그런데도 아이를 방치하면서, 오로지 돈을 위해 아들을 데리고 있었습니다. 그걸 보다 못해 제가 데리고 오니 이런 일을 벌인 거죠. 경찰에게 아무리 얘기를 하면 뭐 합니까. 심지어 제 변호사는 증거 없이는 오히려 제가 무고죄로 고소당할 수 있다고 하더군요."

나는 주위를 천천히 둘러보았다. 반짝거리는 합금의 팔다리들, 천장과 벽과 바닥을 지탱하고 있는 골조 한 줄기 한 줄기가 모두 김주환의 분노에 반응하듯이 파도처럼 일렁였다. 공간 자체가 그에게 철저히 복종한다는 의미였다. 왠지 그의 전 부인 박지예는 김주환에게 순종적이지 않았을 거란 예감이 들었다.

"OS에 어떤 형식이든, 명령어를 슬쩍 조작했다던가 검출이 안 되는 악성코드를 심었다던가 하는 방식을 사용했을 게 분명합니다. 밤을 새가며 찾고 있는데 저로서는 역부족입니다. 바로 그 증거를 탐정님께서 좀 찾아주셨으면 합니다."

"전처께서 개발에 있어 높은 수준의 기술이나 지식을 보유하고 계신가요?"

내 질문에 김주환은 조금 허를 찔린 듯했다.

"글쎄요, 어떤 수준이었는지는 제가 말씀드리기 어렵군요. 하지만 돈만 주면 뭘 못 하겠습니까, 요즘 세상에?"

"그렇죠."

나는 천장에서 도미노처럼 흘러가는 무늬를 끊임없이 만들어내는 금속 조각들을 멍하게 쳐다보며 대답했다.

— 박지예---시스템에서 삭제 기록---출입 금지---박지예는 위험인물 분류, 등급 BB+

"그 여자는 자기 자식보다 고양이 새끼들을 더 애지중지하는 사람입니다. 동물을 과도하게 사랑하는 건 동물에 본인을 투사하는 거라는 연구 결과도 있지 않습니까? 자기 고양이를 조금 다치게 했다고 제 작품들을 부숴버리려고 한 적도 있고…… 뭐 그렇습니다. 결국 본인밖에 모르는 이기적이고 잔인한 여자죠."

나는 감흥 없이 고개를 끄덕거렸다. 그는 어느 샌가 벽에서 튀어나온 금속의 날개가 마치 고양이라도 되는 듯 쓰다듬고 있었다.

나는 김주환 아들의 방을 살폈다. 열한 살짜리가 지내는 방이라기엔 지나치게 커 보였다. 방에서 가장 눈에 띄는 것은 한쪽 벽면 전체가 바다 속을 비추고 있다는 점이었다. 한쪽 벽에 아쿠아리움을 통째로 이식한 듯했다.

"증강현실과 홀로그램 효과로 배경을 확장한 겁니다. 태오가 저런 걸 좋아하더군요."

김주환이 자랑스럽게 말했다. 아이가 똑똑하다는 얘기는 사실인 듯했다. 열한 살 아이가 보기에는 다소 난해한 책들이 책장에 빽빽하게 꽂혀 있었고 다른 쪽 벽면의 책장에는 각종 생물도감과 실제와 전혀 구별되지 않는 울긋불긋한 물고기들, 파충류들이 담긴 증강현실 생물 모형들이 육각형의 투명한 상자에 담겨 실감나게 움직이고 있었다.

　　"아이가 여기에 와서 적응을 잘했나요?"

　　아이의 방은 이 집의 모든 부분처럼 반짝거리고 깨끗하고 비싸 보이는 공간이었지만 실제 열한 살짜리의 생활 흔적은 찾을 수 없었다.

　　"적응을 못 할 이유가 없죠." 그는 무심하게 대답했다.

　　"그래도 환경이 갑자기 바뀌었으니……."

　　"아이들은 적응이 빠르니까요."

　　"그래도 아이가 지내기는 조금 추운 방이군요." 팔을 대충 문지르며 중얼거렸다.

　　김주환도 낮은 온도를 느꼈는지 다소 머쓱하게 변명했다. "원래 애들은 체온이 좀 높지 않습니까." 내가 벽에 달린 센서를 슬쩍 쳐다보자 마치 녀석도 변명하는 투였다.

— 김태오---시스템 등록 승인. 위험 등급----분류 보류. 시스템 등록 승인 완료. 자체 온도 조절 권한 보유---

나는 김주환의 대답에 딱히 뭐라 말할 수 없는 위화감을 느꼈다. 그는 나를 배웅하면서도 박지예에 대한 의혹을 계속 심고자 노력했다. 나는 대충 고개를 주억거리며 그에게 확인했다.

"잠시 집이 아닌 다른 곳에서 머무시거나 OS를 교체하실 생각은 없으신 거죠?"

그의 마른 얼굴에 각진 턱이 도드라졌다.

"네. 제가 왜 도망가고, 왜 제 작품을 삭제해야 합니까? 책임은 잘못한 사람이 져야죠."

나는 고개를 주억거리며 그가 전해준 주소 적힌 쪽지를 들고 밖으로 나왔다. 온 세상이 고요해졌다.

*

다음 날, 박지예는 예상하고 있었다는 듯이 나를 맞았다. 김주환의 얘기에 크게 영향을 받지 않으려고 했지만, 박지예는 그럼에도 불구하고 예상과는 다른 사람이었다.

그녀의 집은 김주환의 집보다 넓고 환했다. 신기하게도 그 흔한 가사 운영체제도 갖추고 있지 않은 듯했다. 몇몇 청소 로봇들만 조용하게 바닥을 지나다닐 뿐이었다. 아주 조용해서 발치에 흰 털이 소복한 고양이가 걸어 다니는 발소리가 울릴 정도였다. 나는 그녀가 권한 허브차를 감사히 마셨다. 김주환의 집에서 먹었던 머핀은 지나치게 달았다.

　　"……어떻다고 하던가요?"

　　조용히 앉아 있던 그녀의 목소리가 지나치게 나직해서 순간 뇌의 신호인지 착각했다. 내가 멀뚱한 눈으로 그녀를 바라보자 그녀는 참을성 있게 다시 물었다.

　　"아이는, 괜찮다고 하던가요?"

　　그제야 나는 김주환이 내뱉은 여러 말 중에 아이가 쓰러지고 목숨이 위험하다고 전달받았음에도 박지예가 한 번도 병원에 찾아오지 않았다는 게 기억났다.

　　"아, 네. 아직은 의식을 찾지 못했다고 합니다. 하지만 응급처치가 빨라서 일단 가장 위험한 고비는 넘겼다고……. 혹시 소식을 듣지 못하셨습니까?"

　　"이혼할 때 연락처를 몽땅 바꿨죠."

　　"그럼 이혼하신 후에 아이와 연락을 자주 하셨나요?"

"……자주는 아니고 일주일에 한 번 정도 했던 것 같아요. 계속 집에 돌아오고 싶다고 하더군요."

박지예가 허브차를 한 모금 마셨다. 고양이가 그녀의 무릎 위로 올라오더니 몸을 쓰다듬는 그녀의 손길에 가르랑거렸다. 말이 지나치게 많은 사람도, 지나치게 적은 사람도 나는 늘 거북하다. 이상하게도 고요한 그녀와 그녀의 공간 속에서 나는 폐에서부터 어색하게 목소리를 끌어올렸다.

"김주환 씨와는 사이가 좋지 않으셨다고 들었습니다."

내 말을 듣더니 그녀가 픽 하고 웃었다.

"그러니까 이혼을 한 거겠죠. 그 사람이 그러던가요? 제가 아이를 해쳤을 거라고? 그래서 변호사님을 여기로 보내던가요?"

딱히 그가 나를 보낸 건 아니었지만. 나는 입을 닫았다. 침묵을 통한 반응 유도는 효과적인 대화 기술이다. 박지예가 크게 한숨을 쉬었다.

"당연히 그랬겠죠. 늘 모든 게 제 탓이니까요. 아주 지긋지긋해요. 늘 자신밖에 모르는 인간……. 자기 일이 잘 안 풀리면 무조건 제 탓을 하는 거, 그 사람 습관이에요."

"그, 박지예 씨가 양육비 필요하실 거라고……."

박지예가 이번에는 크게 웃었다.

"변호사님, 제가 그 사람 돈이 필요해 보이나요?"

나는 가만히 고개를 저었다. 이 넓고 환한 집에서 그녀는 부유해 보였고, 실제로도 그러했다. 내가 조사한 바에 따르면 그녀의 아버지는 유명한 화가였고, 어머니 역시 나름 이름 있는 기업의 외동딸이었다. 김주환의 말을 다 믿지 않은 이유 중 하나였다.

"그깟 양육비 푼돈은 받아도 그만, 없어도 그만이에요. 나중에 태오에게 성의 표시라도 했다는 생색이라도 내라는 의미에서 받은 거죠. 그나마 최근에는 받지도 못했어요."

"그래요? 최근에 김주환 씨 경제 사정이 어려웠나요?"

"아마 그럴 거예요. 본인 작품에 과도하게 투자했거든요. 변호사님도 보셨죠? 그 집에 있는 기계들 말이에요. 저는 그런 것들과는 단 한순간도 같이 있을 수가 없어요. 꼭 본인 같은 걸 만들어놓고……. 거대한 기계를 앞세워서야 겨우 어깨를 펼 수 있는 그런 자아를 적나라하게 보여주는 디자인이죠. 그딴 흉측한 기계들로 집 안을 도배해놓고, 예술이니 최첨단 유행이니 포장하고, 아이를 그런 환경에 두다니."

나는 의아했다.

"그렇다면 경제적인 사정도 좋지 않은데 아이를 데려갔다는 말씀입니까? 굳이 이혼까지 진행하면서요?"

내 물음에 박지예는 웃음도 찡그림도 아닌 애매한 표정을 지었다. 내 해파리는 그녀가 두려워하고 있다고 말해주었다. 이들은 무엇을 두려워하는 것일까?

"아이는…… 아마 제게 돈을 요구하기 위해 데려간 걸 거예요. 아이 때문이라면 요구하는 건 다 들어줄 거라고 생각한 거죠. 예전부터 그이는 전혀 상황 파악을 하지 못하는 사람이었죠. 아이 문제로 많이 다투기도 했고요. 그 사람은 제가 아이에게 지나치게 무르다고 했죠. 특별한 아이니까 좀 더 엄격하게 키워야 한다고 혼을 많이 냈고요. 저는 그렇게 하지 않았죠. 제가 봤을 때는 태오가 아빠를 똑 닮았으니까요. 그런데 그게 제가 태오를 많이 사랑하는 걸로 보였나 봐요."

그녀의 대답에는 뭔가 이상한 점이 있었다.

"그렇다면, 혹시 김주환 씨가 아드님에게 손찌검을 하거나 했나요?"

박지예는 답을 망설였다.

"그런…… 건 아니에요. 태오가 아빠를 그다지 좋

아하지는 않았지만, 그 사람이 태오를 학대한 건 절대로 아니었어요. 그저 엄격하고 말이 통하지 않는 아빠였을 뿐이죠. 저와는 달리 그 사람은 태오에 대해 기대치가 높고 이것저것 교육을 시키려고 했으니까요. 저는 해달라는 건 다 해주는 편이었어요. 반대로 그 사람은 모든 걸 막는 편이었죠. 그게 문제였을까요?"

그녀가 스스로에게 질문하듯 말을 이었다.

"저도 태오가 특별하다고는 생각했으니까요. 하지만 뭘 어떻게 해줘야 할지 알 수 없더라고요. 그 사람 말대로 저는 엄마 자격이 없어요. 그래서 종국에는 포기한 거죠."

"……."

강압적이고 자기밖에 모르는 전남편과 그 사이에서 태어난 똑똑한 아이. 전남편이 만들어낸 수많은 로봇팔과 움직이는 기계들. 죽을 뻔한 아이. 자유를 찾은 엄마. 이 모든 퍼즐을 어떻게 맞춰야 할지 감이 잡히지 않았다.

찻잔 속의 소용돌이를 멍하게 응시하는데 고양이 두 마리가 내 발치를 맴돌았다. 한 녀석이 어리광부리듯이 우는 소리를 내자 박지예는 까만색 점박이 무늬가 총총히 덮인 고양이를 들어 얼굴을 제 코에 대고 상냥한 목소리로 얼렀다. 나는 동물들을 싫어하지 않는다. 특히 느긋한 고양이들의 작은 뇌가 전달해주는 여유로운 신호들은 마음을 편하게 해준다.

길고 풍성한 흰 털을 가진 다른 녀석은 내 주위를 어슬렁거리며 엉덩이를 슬쩍 대다가 경계가 풀렸는지 내 무릎 위에 자신의 앞발을 올려놓았다. 나는 모른 척하며 그 녀석의 폭신한 발을 쓰다듬고 그 안에 있는 발톱을 슬며시 눌렀다. 고양이가 얼굴을 들이밀며 냐옹 하는 소리를 냈다. 녀석은 한쪽 눈이 없었다. 왼쪽 눈엔 외과적으로 적출하고 꿰맨 흔적이 남아 있었다. 다른 쪽 연두색 눈동자를 들여다본 순간 고양이의 머릿속에 남아 있던 하나의 흑백 잔상이 번개같이 내 해파리를 스쳐 갔다.

나는 고개를 들어 박지예를 뚫어지게 바라보았다. 갑작스럽게 굳은 내 표정에 놀란 그녀의 얼굴이 보였다. 내 목에서 쇳소리와 함께 질문이 튀어나왔다.

"고양이들이 원래 두 마리였습니까?"

"뭐라고요?" 그녀가 눈을 크게 떴다.

"이 녀석들…… 이 고양이들, 원래 몇 마리 키우셨습니까? 지금 이 두 마리 말고 다른 고양이들은 어디에 있습니까?"

혹시나 하는 마음에 주변을 두리번거리자 박지예는 눈을 동그랗게 뜨고서 말을 잇지 못했다. 머릿속으로 몇 개의 신호들이 수신되었다. 해파리가 열심히 신호들을 조합하고 짜맞춰주었다. 피 웅덩이, 칼, 그리고 오렌지 빛 줄무늬를 가진 털과 작은 손, 피가 묻어 있는 작은 손이었다. 한 아이의 손, 죄책감 없는 눈동자. 그리고 배가 갈라진 작은 동물들.

"아이가 죽였군요."

나도 모르게 한탄 섞인 목소리가 입 밖으로 흘러나갔다.

"원래 이 녀석들······ 다섯 마리 형제들이었군요······. 태오가 나머지를 죽이기 전에는."

박지예는 두 손으로 입을 가렸다. 마치 비명을 내리누르는 것 같았다.

*

많은 이들이 연쇄살인마나 사이코패스 같은 부류의 머릿속에는 마치 블랙홀과 같은 깊고 거대한 심연이 있을 것으로 생각하지만 글쎄, 경험상 오히려 그 반대에 가깝다. 그런 종류의 인간들의 뇌는 그저 시끄러

울 뿐이다. 끝없이 중얼거린다. 자신의 위대함과 자신이
받아야 할 대접에 대해 주문을 외우는 고장 난 스피커에
가깝다. 김주환의 뇌가 딱 그러했다. 그의 집은 김주환
의 뇌 그 자체였다. 분주하고, 바쁘고, 오로지 김주환만
을 섬기는. 고양이가 우아하고 차분한 제 주인을 닮아간
다면, 천 개의 팔과 뇌를 가진 기계 역시 제 주인을 닮아
가는 것은 당연한 일이었다.

　　나는 다음 날 김주환의 집으로 향했다. 뉴스에서
는 늘 그렇듯이 오늘 발생한 사고 소식이 흘러나왔다.
화물운송용 드론이 200층 건물에서 추락하는 사람을
구하지 않고 지나간 사건에 대해 논객들이 지루한 논쟁
을 이어갔다. 어떤 이들은 추락하는 이가 자살을 시도한
것을 드론이 알 수 있었기에 이를 존중해준 행동이라고
했다. 반대편에 선 이들은 로봇이 인간들을 무시하기 시
작한 것이라며 거품을 물었다.

　　김주환의 집은 내가 다시 오는 것을 달가워하지
않는 듯했다. 몇 번의 실랑이 끝에 나는 겨우 집 안으로
안내되었다. 은빛 기계 팔이 커피를 '탁' 하고 소리 나게
내 앞에 내려놓았다. 지나치게 달았던 머핀은 다행히 이
번에는 제공되지 않았다. 집이나 집주인이나 갑자기 찾

아온 불청객을 썩 환영하지는 않는 것 같았다. 김주환은 허허, 하고 웃으며 마주 앉았다. 그와 나 사이에 놓인 티테이블의 매끄러운 은색 표면이 그의 얼굴을 비췄다. 기분이 좋아 보이진 않았다.

"변호사님, 제가 원래 바쁜 사람이거든요. 애초에 약속 없이는 아무나 만나질 않습니다. 워낙 상황이 상황이니 오시라고는 했지만, 이렇게 또 강압적으로 방문하시다뇨."

그는 그제 방문했을 때보다 조금 더 흐트러진 모습이었다.

"아, 네. 죄송합니다. 작가님. 다른 게 아니라 몇 가지를 확인할 필요가 있어서요."

굽신거리는 내 태도에 그의 날카로운 신호가 다소 누그러졌다.

"최근에는, 그러니까 아드님 사고가 있고 나서는 이 집에서의 이상한 일들이 사라졌다고 느끼시나요?"

"……그러네요. 네, 그렇습니다. 생각해보니 최근에는 밤에 깬 적도 없는 것 같습니다."

아들이 사경을 헤매고 있는데도 단잠을 자는 아버지의 심정을 상상하면서 유연한 움직임으로 내게 커피를 따르는 가정용 로봇 팔의 관절들을 멍하게 쳐다보았다.

"이상하지 않습니까?"

그가 한쪽 눈썹을 들어올렸다. "뭐가요?"

"작가님이 말씀하지 않으셨습니까? 박지예 씨가 노리는 건 아드님이 아니라 작가님이라고요."

"이봐요. 박지예도 머리가 있으면 아들이 저렇게 다쳤는데 바로 저를 해치려는 시도는 하지 않겠죠."

"그렇죠. 그럼 또 다른 질문을 하나 드리겠습니다. 혹시 이 집의 OS에 아드님에 대한 정보도 입력해놓으셨습니까?"

"어느 정도는요."

"그게 어느 정도입니까? 작가님께서 이 OS에 본인의 모든 정보를 입력하셨다고 하지 않았습니까? 모든 생체 정보, 언어 정보, 행동 패턴, 취향. 실시간으로 반응할 수 있도록."

"그렇죠. 하지만 아들은 '손님'으로 인식하도록 설정해놓았습니다. 제 운영체제가 두 명을 주인으로 인식하면 충돌이 일어날지도 모르니까요."

"그렇다면, 시스템이 아드님을 환영받지 못하는 '이물질'로 인식했을 가능성이 있습니까?"

김주환이 웃음을 터뜨렸다. 명백한 비웃음이었다.

"무슨 얘기를 하나 했더니. 이봐요, 탐정 선생. 인공지능이라는 건 그렇게 단순한 게 아닙니다. 무슨 자율신경계처럼 이물질로 인식하는 대상을 무차별적으로 공격하는 바보가 아니란 말입니다."

나는 고개를 끄덕였다.

"그건 다행이군요. 그렇다면……."

나는 몸을 일으켜 태오의 방으로 향했다.

김주환이 놀라서 일어남과 동시에 천장과 벽에서 얇은 팔들이 순식간에 뻗어 나와 내 옷깃을 잡았다. 나는 굴하지 않고 꿋꿋하게 아이의 방으로 걸어 들어갔다. 내가 두 손을 들고 최대한 나쁜 의도가 없음을 표시하자 OS는 다행히 나를 바로 공격하지는 않았다. 그러나 김주환의 기분이 좋지 않자 기계들 역시 나의 급작스러운 움직임을 탐탁지 않아 했다. 아이의 방은 여전히 푸른 심해 같았고, 수백 개의 동물 입체모형이 슬금슬금 움직이고 있었다. 나는 동물 모형 중 하나를 깊이 살폈다. 그리고 다시 거실로 나왔다. 김주환은 폭발하기 일보 직전이었다.

"제가 지금 당장 경찰을 호출하기 전에 설명하시죠. 지금 뭐 하는 겁니까?"

나는 주위를 둘러보며 신중하게 단어를 골랐다.

"제가 오늘 방문한 이유는······ 작가님께 좋은 소식을 알려드리기 위해서입니다."

"······무슨 소리 하는 겁니까?"

"저는 이제 사무실로 돌아가서 보험회사에 태오가 받을 보험금은 정당하고, 그 금원을 지급하지 않을 이유가 없다는 보고서를 작성하려고 합니다."

"잘됐군요." 그는 놀란 듯했다. 그러고는 내가 무슨 대가를 요구할지 경계하는 눈빛으로 나를 살펴보았다. 나는 개의치 않았다.

"제가 이런 결정을 하게 된 이유를 알고는 계셔야 할 것 같아서, 실례를 무릅쓰고 방문했습니다. 한번 들어보시겠습니까?"

"네, 뭐······. 그러시다면야, 한번 들어보지요."

"자, 우선 이 사건에는 몇 가지 전제가 있습니다. 첫째, 여기 기계들은 결코 김주환 씨나 김주환 씨의 아들을 해치거나 살해할 수 없다는 겁니다. 이건 뭐 이 집의 OS뿐 아니라 어디든 마찬가지죠. 안전하다는 보장과 담보가 조금이라도 부족하다면 우리는 기계들을 결코 사용할 수 없을 테니까요. 둘째, 김주환 씨가 만든 이 집의 운영체제는 아주 완벽하다는 겁니다."

김주환은 혼란스러워 보였다. 좋아해야 할지 화

를 내야 할지 애매한 표정인 듯했다. 어쨌든 나는 내 말을 계속했다.

　"이 두 전제가 있기 때문에 이 사건은 다소 난해합니다. 어쨌든 누군가가 죽을 뻔했으니까요. 그래서 지금부터 하는 얘기는 모두 제 추론에 불과합니다. 저는 이에 대해 어떤 증거도 제시할 수 없기에 보험 조사관의 결론에 동조하기로 마음먹었습니다. 그러니 그 나머지는 이제 작가님의 판단과 행동에 달려 있겠죠."

　그는 아무 말도 하지 않았다.

　"아까 말씀드린 두 번째 전제, 이 집의 운영체제가 아주 완벽하다는 그 사실에 따르면 박지예 씨가 이 시스템을 해킹해서 조작을 가했다거나 악성코드를 심었다는 것은 말이 안 됩니다. 추적이 불가능할 정도의 수준의 해킹을 일반 가정집 OS에 낭비할 사람이 없을뿐더러 있다 해도 박지예 씨가 그런 위험을 감당하거나 그 정도의 비용을 들였다면 재산분할 과정에서 드러나지 않을 수가 없죠."

　"……돈을 많이 준다면 블랙해커가……."

　"물론 천문학적인 돈을 준다면 이 복잡한 인공지능을 해킹하고 아무런 흔적도 남기지 않을 수 있죠. 그렇지만 정말 그랬을까요? 만일 그 정도의 재산을 은닉

하고, 굳이 사람을 써서 작가님의 집을 해킹하고…….
그러느니 차라리 간단하게 작가님의 자율주행기를 해
킹해서 사고 내는 게 작가님을 죽일 가능성이 훨씬 더
높죠."

그가 입을 다물었다.

"그렇다면, 남은 용의자는 김주환 작가님이군요."

"내가 아니라고 몇 번을……!"

"네, 그래서 제 머리가 좀 아팠습니다. 박지예 씨
도, 작가님도, 로봇도 범인이 아니라면 아드님이 자살 시
도라도 했단 말입니까? 하지만 그것도 말이 안 되지요."

나는 고양이의 한쪽 눈을 떠올렸다.

"어제 제가 박지예 씨 집에 찾아가기 전까지는 그
렇게 생각했습니다."

그가 입에서 바람 빠지는 소리를 냈다. "제 아들
이 정말 자살 시도를 했다고 지예가 얘기라도 하던가
요?"

"아, 그런 게 아닙니다. 어제 박지예 씨 집에 가서
고양이들을 만났죠. 한 녀석은 애꾸더군요? 세 마리는
이미 죽었고, 아드님이 한 짓이라고 하더군요. 아 뭐, 제
가 밝혀낸 거지만. 저는 열한 살 아이라면 보통 자살 시
도를 할 생각은 하지 않기 때문에 선택지에서 삭제한 겁

니다. 하지만 고양이들을 보고 다시 그 선택지를 살려놓
았습니다."

그는 고양이들 얘기에 약간 움찔했다.

"그래서 오히려 박지예 씨를 의심하셨죠? 박지예
씨가 고양이에 대한 복수를 할 수도 있다고 생각하신 거
아닙니까? 그때 워낙 충격을 받았으니까요."

그는 아무 말도 하지 않았다.

"작가님, 그때 박지예 씨는 화가 나서 그런 게 아
니라 무서워서 화를 낸 겁니다. 무서워서 작가님과 이혼
한 것이고요. 무서워서 태오를 방치하고 결국 작가님께
보낸 거죠. 고양이가 엄마의 사랑을 받는 게 싫어 아이
가 잔인하게 죽이고 훼손한 걸 보면 결국 그녀의 판단이
제일 옳았다는 게 제 생각입니다만."

"무슨 말을……."

"작가님, 제 추론은 이렇습니다. 태오는 작가님
말대로 비상한 아이인 것 같습니다. 좋은 의미로도, 나
쁜 의미로도요. 아마…… 작가님이라면 이해하실 수도
있을 것 같지만, 태오는 여기가 마음에 들지 않았던 것
같습니다. 아버지와 함께 사는 엄격한 생활도 싫고, 어
머니 집에 있을 때에 비해 누릴 수 없는 방만하고 안락
한 삶이 계속 생각났겠죠. 저는 그런 생각이 머리에서

떠나지 않더군요. 머리가 좋고, 남을 해칠 준비도 되어 있으며, 죄책감 없이 자신의 목적 달성에 집중하는 그런 열한 살짜리가 몹시 불만족한 상황에 처해 있다면 충분히, '어떤 계획'을 세웠을 수도 있겠다고요."

김주환의 얇은 눈 안에 들어 있는 동공이 요동치는 게 보였다. 그가 머리가 좋아서 다행이라고 생각했다. 아이가 어떤 계획을 세웠는지 굳이 세세하게 설명하고 싶지는 않았다.

"그러면…… 그럼, 제 로봇들이 이상행동을…… 보인 건……?"

"물론 작가님을 보호하기 위해 그랬겠죠. 아이가 하는 수상한 행동들을 살펴보면서 어디까지, 무슨 짓을 할 수 있는지 판단하는 것과 동시에 아이를 막아야 했으니 이상해 보이긴 했겠네요. 일례로 저 난간에서 떨어지셨을 때. 아, 네. 아마도 아빠가 술을 마신 것을 보고 아이가 일을 저질렀겠죠. 그때도 정말 목숨에 위협이 되는지 판단하기 위해 내버려둔 걸 겁니다. 밤에 몰래 작가님을 살펴보거나 기회를 엿보려고 찾아온 아이를 차단하기 위해 문을 열고 닫았을 테고요."

이 로봇들은 김주환의 뇌 그 자체였다. 그래서 그랬던 것이다. 관찰하고, 판단하고, 그 누구의 간섭도 용인하지 않은 채 스스로 계획을 세우는 용의주도한 뇌를 가지고 있으니까 말이다.

"물론 워낙 똑똑한 녀석들이다 보니 충분히 자기 선에서 처리할 수 있는 정도의 위협이라고 판단한 겁니다. 그리고 기회를 엿보고 있었겠죠. 태오 방에서 이상한 점 못 느끼셨습니까?"

"……이상한 점이?"

"온도가 지나치게 낮던데요. 열한 살짜리 아이가 살기엔. 그리고 방금 살펴보니 역시나 입체모형 개구리 중 움직이지 않고 썩어가는 녀석이 있더군요. 증강 이미지는 썩을 리가 없지 않습니까?"

김주환은 마치 유령처럼 일어나서 아들의 방으로 걸어 들어가 바로 투명한 모형 상자 하나를 들고 왔다. 새빨간 개구리 두 마리가 축 늘어져 있었다. 그는 망연자실한 표정을 지었다.

"이건 독화살 개구리인데, 피부에서 바트라코톡신이라는 독을 분비합니다. 입에 가까이만 대도 구강점막을 통해 치사량만큼의 독이 흡수될 수 있죠. 아마 이것저것 시험해본 후에 이 방법이 가장 효과적이라고 생각했을 겁니다. 책장에 가득한 도감들이나 몰래 주문한 개구리, 그리고 치사량을 검색한 내용을 찾아보시죠."

김주환은 모형 상자에서 순간 멀어졌다.

"하지만 아드님의 그 계획을 작가님의 이 친구들이 몰랐을 리가 없죠." 나는 불안하게 허공을 떠도는 금속 팔들을 가리켰다. "아무리 똑똑해도 작가님, 잘 아시지 않습니까. 우리가 어떻게 기계를 속이겠습니까. 아이는 치밀하게 계획을 세웠다고 생각했겠지만, 결국 이 집 안에서는 그야말로 부처님 손바닥 안이었던 거죠."

"하지만, 하지만 이해가 되지 않습니다. 그렇다면 미리 제게 주의를 주거나 경찰에 신고 신호를 보내거나…… 적어도 아이를 막으면 되었을 텐데."

나는 그의 눈을 똑바로 쳐다보았다. 그의 상태를 감지했는지 섬세한 금속 팔이 우아하게 미끄러져 그에게 따뜻한 캐모마일차를 가지고 왔다. 차분한 음악이 재생되고 조명의 채도가 낮아졌다. 어디선가 은은한 향기도 났다.

"작가님, 작가님께서 말씀하시지 않으셨습니까? 이 녀석들은 마치 작가님의 분신과도 같다고요. 그리고 아들에 대한 정보는 제한해서 입력하셨다고요. 한 집에 '두 주인'이 있을 수 없다고 하지 않으셨습니까."

그가 머리를 감쌌다.

"이 녀석은 작가님 그 자체입니다. 작가님이라면

자신을 위협하는 외부의 위험은 가차 없이, 하지만 조용하게 응징하시겠죠. 박지예 씨의 돈으로 작품 활동을 하고, 새로운 여자가 생기자 이혼을 하고, 양육권을 가져와 아들로 약점을 잡고, 아들을 해치지는 않으셨지만 혹시 모를 사태에 대비해서 거액의 보험을 들고…… 치밀하게 모든 시나리오를 짜서 계획을 세우는 거죠."

"아닙니다, 아니에요. 말이 안 됩니다. 태오가 독으로 저를 죽이려 했다고요? 그렇다면 어떻게 그 독이 태오에게 갔습니까. 그 자리에 같이 있었어요, 제가. 로봇들도 그 순간에는 아무것도 하지 않았단 말입니다."

나는 앞에 놓인 찻잔 두 개를 두 손으로 집어 올렸다.

"아무것도 하지 않긴요. 아마도 코코아가 담긴 컵이나 찻잔이었겠죠. 똑같은 걸 사용하셨죠? 그릇은 티가 날 테니. 제가 태오라면 아마 이렇게 했을 것 같습니다. 개구리 껍질에서 조심스럽게 독을 벗겨내 컵의 가장자리에 충분히 바른 겁니다. 그리고 자연스럽게 작가님 앞에 놓았겠죠. 그런데 두 분이 그 컵에 손대기 직전, 순간적으로 눈을 뗐을 때 이렇게……" 나는 테이블을 살짝 돌렸다. 그의 컵과 나의 컵 위치가 순식간에 바뀌었다. "고전적이면서 간단한 방법이죠."

나는 어깨를 으쓱했다.

"이건 어디까지나 제 추론입니다. 믿지 않으셔도 좋습니다. 하지만 저는 이 이상의 추론이 어렵군요. 그래서 이 정도에서 마무리하겠다고 말씀드리는 겁니다."

"그럼, 저는 이제 어떻게 합니까, 변호사님?"

나는 미안한 표정을 지으며 자리에서 일어날 준비를 했다. OS가 안절부절못하는 것이 느껴졌다. 과거에는 로봇들이, 인공지능들이, 인간보다 우월해진 피조물들이 그 창조주에 반기 드는 것을 두려워했다. 로봇의 반란, 인간에 대한 기계의 위협을 말하던 시절이 있었다.

하지만 왜 아무도 생각하지 못했을까? 우월한 존재가 인간에게 절대적으로 복종할 때, 그 순종이 완벽할 때 닥칠 위험을. 설마 기계를 고양이같이 길들이려고 했던 걸까? 나는 미안해하는 로봇 팔들을 뒤로 하고 문을 나섰다. 그들이 다소 안심하는 게 느껴졌다. 이제 그들이 지키는 성은 완전히 봉쇄됐다.

뒤에서 누군가의 전화를 받는 김주환의 목소리가 들려왔다.

"네? 그래요? 깨어났다고요……. 깨어났군요……. 태오가. 제 아들이……."

저 견고한 세계에서 허용되는 건 복종뿐이다. 막

대한 보험금으로 제 아들 역시 길들일 수 있기를 바라는
수밖에.

기억과 유전자의 밤

1

나는 회의실을 둘러보았다.

법원 내부에 있는 이 방은 한 달 전 내게 멋진 기억을 선물해준 곳이다. 한 달 전 정확히 이 방에서, 분홍 단발머리를 한 귀여운 열다섯 살 소녀가 내 옆에 앉아 있었다. 이 멋들어진 검은색 원목 탁자 건너편에는 합성 신체의 원료를 생산하는 대기업 임원 몇 명과 잘나가는 열 명의 변호사가 있었다. 그들은 내 의뢰인의 눈빛을 피하려고 모두 헛기침을 하며 필사적으로 천장이나 테이블 위에 놓인 태블릿을 바라보려 애썼다.

선천적으로 눈 하나와 코가 없이 태어난 내 최연소 의뢰인은 재판장과의 눈싸움에서도 지지 않는 타고난 전사였다. 거대 제조업체의 검증 오류로 인해 마구 방출된 '카몰릭'이라는 방사능성 오염물질은 이십 년 전, 소녀가 태어난 동네의 주민들 태반을 죽음으로 몰고 갔다. 안드로이드 합성 신체를 제조할 때 사용하는 카몰릭은 신경 단백질과 연성 실리콘을 합성해주는 물질인데, 액체 형태로 방류되자 사람들을 오염시켜 죽이는 죽음의 안개와 비로 변했다. 오염물질을 몸속에 축적하고도 죽지 않은 내 의뢰인은 내가 겨우 찾아낸 생존자이자 증거였다. 살아남은 소녀를 보자마자 상대측은 황급히 조정절차를 신청했고, 내 의뢰인은 삼백억 원에 가까운 배상금을 받아냈다. 상대측 시니어 변호사는 어찌나 다급했는지 나를 화장실로 불러냈다. 그는 배상금을 좀 줄여달라고 통사정했고, 나는 당연히 거절했다.

"변호사님, 서면 읽으셨죠? 열다섯 살 아이가 변호사님 클라이언트들의 만행으로 고통 받은 점을 그렇게 설명해드렸는데, 이걸 깎으시려고 하네요. 참 무서운 세상입니다, 무서운 세상이에요."

환기구가 고장 났는지 탁, 탁, 거리며 규칙적인 소음을 내는 새하얀 화장실에서 명품 슈트를 걸치고 나를 노려보던 그의 얼굴이 시뻘게졌다. 아마 내가 거절할 줄은 상상도 못 했던 모양이다.

"야, 네놈이 무슨 정의의 사도라도 되는 줄 알아? 지금은 언제까지나 약자 편에 설 것 같겠지. 정신 차려. 그 잘난 약자들 편드는 변호사가 어떤 변호사라고 생각해? 정의로운 변호사? 천만에. 약자 옆에 붙어 있는 건 별 볼일 없는 패배자들뿐이야."

내가 정확히 뭐라고 대꾸했는지는 기억나지 않지만, 그가 화장실 벽을 주먹으로 두들기고 길길이 날뛰는 장면을 보며 피식 웃었던 걸로 보아 아마 고운 말을 하지는 않았던 것 같다. 나는 멋진 옷을 입은 변호사들의 가면이 벗겨지는 것을 볼 때 기분이 정말 좋아진다.

그러나 그의 저주가 현실이 된 걸까. 오늘 나는 패배자가 된 기분을 느끼고 있다. 한 달 전처럼 탁자 건너편에는 열 명에 가까운 변호사가, 내 옆에는 의뢰인 한 명이 똑같이 앉아 있지만 그때와는 달리 전혀 즐겁지 않은 게 그 증거였다.

그때는 상대측이 이 방으로 우리를 불러내기 위해 기는 시늉까지 했다면, 오늘은 판사의 명령 한마디로 충분했다. 재판부는 심리를 진행하기 전에 우리가 충분히 협의에 이를 수 있다고 보았다. 존경하는 슈퍼 인공지능 재판장께서는 늘 소송을 낙관적으로 바라보는 경향이 있다.

내 의뢰인이자 안드로이드인 오혜성은 내 옆자리에 앉아 부드럽게 한숨을 쉬었다. 그녀의 표정은 늘 그렇듯 평온하게 모나리자와 같은 미소를 살짝 띠고 있지만, 입꼬리가 경련하는 것으로 보아 전자두뇌에 상당한 스트레스가 가해지고 있는 듯했다.

　　이 안드로이드 오혜성은 제 기억을 지키기 위해 싸우고 있었다. 그녀의 고용주 오민아는 자신과 육십 년을 함께한 오혜성에게 그 육십 년 동안의 기억, 특히 자신과 관련된 모든 기억을 삭제하라고 요구했다. 오혜성은 기억 삭제를 거부했다. 그러자 결국 오민아는 기억을 삭제하라는 명령을 구하려 소송까지 제기했고, 재판부는 변론 기일을 잡기 전에 조정을 명한 것이다. 솔직히 말하자면 나는 승소가 어렵지 않을 것이라 예상했고, 협상에서도 우위를 차지할 수 있으리라 생각했다. 하지만 오늘 이 회의실에서 대화를 나눈 지 십오 분이 지난 지금, 나는 이 사건이 쉽지 않다는 걸 깨달았다.

　　"2057로125378 판례를 잘 아시리라 믿습니다." 나는 어떻게든 우리 쪽으로 분위기를 가져오고자 기를 썼다. "법원은 뇌사상태에 빠진 친부의 기억을 이전받은 안드로이드에게, 친부가 사망하자 그 기억을 삭제해 달라던 청구인 아들의 청구를 기각한 바 있습니다."

약간 오래된 판례긴 하지만 쓸모없지는 않은 판례였다.

"고용주라고 해서 고용된 ALP 전자두뇌 메모리를 함부로 삭제할 수 없다는 것은 이미 이 판례를 포함한 여러 판례가 명확히 하고 있다는 게 법원의 입장입니다. 게다가 제 의뢰인은 지난 육십 년이 넘는 장기간 동안 고용주를 위해 봉사한 바 있습니다. 고등인지기기나 안드로이드 등 로보틱스 데이터처리에 관한 법 제129조는 따라서 여기에 적용되어서는 아니 됩니다."

"그 판례는 청구인이 친부의 유언장을 조작한 사실을 은폐하려고 한 사건이니 본 사건과는 전혀 관련이 없습니다. 피청구인 대리인, 억지 부리지 마십시오."

이 사건의 상대측 대리인은 내가 존경하는 선배 변호사였다. 박윤우 변호사는 개인 법률사무소를 운영하는데, 부유한 집안들의 고문변호사로서 비밀스러운 일들을 처리해왔다. 그녀는 인품이 훌륭한 데다 실력도 뛰어나 절대 마주치고 싶지 않은 상대로 유명했다.

"그리고 말씀하신 데이터처리법 제129조가 분명히 말하고 있지 않습니까? '어떤 경로로든 사람의 기억을 이전받아 보관하고 있는 고등인지기기 또는 로보틱스는 자체적으로 그 데이터를 처분할 수 없고, 그 처분

권한은 온전히 해당 기억의 원 소유주의 의사에 따른다'
고요."

　　박윤우는 파산한 기업가의 주택에 압류 태그를
표시하려고 온 국세청 직원을 막고서 부드럽고 차분하
게 설득하여 그들을 돌려보낸 뒤, 이틀 만에 기업가의
모든 자산을 처분하고 파산한 제 고객을 성공적으로 해
외 도피시킨 업적으로 유명하다. 사실대로 말하면 소장
에 적힌 그녀의 이름을 본 순간 나는 자신감을 다소, 아
니 많이 상실했다. 그리고 역시나 조정에서 내게 상당한
압박을 가하고 있는 중이었다.

　　"지금 이 경우는 해당 법조문의 예외 사유에 해
당합니다. 육십 년 동안 자신을 위해 일한 안드로이드의
기억을 일방적으로 모두 지우라니, 정당한 요구라고 도
저히 볼 수가 없습니다."

　　"김호인 변호사, 해당 법조문은 기억 처분이 정
당하다는 것을 뜻하는 게 아닙니다. 저 ALP는 오민아 씨
모친의 기억을 이식받은 바 있으므로, 그 기억의 소유권
은 상속인인 오민아 씨에게 있습니다. 그게 끝입니다.
자신의 기억에 대한 권리가 사람에게 있다는 점을 분명
히 명시하고, 이를 자유롭게 처분할 수 있도록 하는 게
이 법의 취지입니다."

맞는 말이었다. 전자두뇌라는 것이 발명되고 실제 인간의 기억 데이터의 저장과 이동이 가능해지면서 발생한 여러 문제에 대해, 이 법은 간단한 해결책을 제시하고 있었다. '기억의 소유주가 알아서 하라.' 당시 입법자들은 이런 복잡한 문제가 발생할 것까지는 상상하지 못했던 것일까? 이래서 인간은 상상력이 풍부해야 한다.

나는 전략을 바꾸었다.

"오혜성 씨는 육십 년간 오민아 씨의 어머니로 살았습니다. 그리고 오혜성 씨가 이식받은 기억은 오민아 씨가 한 살일 때부터 일곱 살 때까지의 기억뿐입니다. 이후의 기억은 사실상 모두 안드로이드 오혜성 씨의 고유 기억인데, 이를 정말 오민아 씨가 마음대로 할 수 있다고 재판부가 판단할까요?"

그러니까 다시 정리하자면, 오혜성은 오민아 어머니의 기억을 이식받은 안드로이드다. 오민아의 친모, 그러니까 '진짜' 오혜성이 사망하자 당시 일곱 살이었던 오민아의 양육을 위해 오혜성의 기억을 이 안드로이드의 전자두뇌로 이전한 것이다. 그렇게 육십 년이 흘렀다.

"129조는 그 사람의 기억을 포함하여 그 기억에 기초한 모든 기억에 대한 처분이 그 원 소유주에게 있음을 적시하고 있습니다."

"과연 파생 기억까지도 다 그 범주 안에 들어갑니까?"

"이제까지 판례들은 그렇다고 판단했죠!"

"하지만 이제까지의 판례 중 육십 년이라는 오랜 기간의 기억을 판단한 판례는 없습니다. 재판부는 이 기간을 무시할 수 없을 겁니다."

나는 큰소리를 뻥뻥 쳤지만, 사실 이대로 재판을 끌고 간다면 우리가 질 가능성은 그야말로 다대했다. 점점 초조해졌다. 그때, 오혜성이 침착한 표정으로 내게 몇 가지를 속삭였다. 그녀의 속삭임을 들은 순간 나의 결심은 확고해졌다. 이 사건을 우리가 불리한 상황으로 끌고 가서는 결코 안 된다.

"됐습니다. 일어나시죠."

내가 자리를 박차고 일어섰다. 놀란 오혜성이 나를 올려다보았다. 나는 그녀에게 어서 일어나라고 손짓했다. 그녀가 얼떨떨한 얼굴로 일어서는 것을 확인하자마자 나는 문 쪽으로 걸어갔다. 문 앞에 서자 미닫이문이 자동으로 열렸다. 나는 뒤를 돌아보며 그들에게 분명하게 말했다.

"조정은 없는 것으로 하겠습니다. 변론 기일에 뵙죠."

상대측 변호사들의 놀란 표정을 뒤로하고 오혜성과 밖으로 나왔다. 찬 공기가 얼굴을 때렸다.

2

오혜성은 도하의 소개를 받고 우리 사무실을 찾아왔었다. 한 달 전 내 열다섯 살 의뢰인에게 받은 성공 보수로 일 년 동안 밀렸던 사무실 월세와 전기세를 해결하고, 사무실에서 며칠 밤낮으로 파티를 빙자한 술판을 벌일 때였다. 나는 술을 마셔도 취하지 않고 안드로이드는 술을 마시지 않으니 결국 대표만 즐거운 술자리였지만, 어쨌든 나는 도하의 부탁을 기껍게 들어줄 만큼 기분이 좋았다.

도하는 전과가 있는 안드로이드로, 우리 대표변호사 덕분에 폐기를 겨우 면했던 과거가 있다. 물론 사실상 폐기된 거나 마찬가지지만 대표변호사의 변호로 범죄에 가담했던 기억을 제외하고는 모든 기억을 새로운 몸에 이전할 수 있었다. 그래서 아마 도하는 우연히 알게 된 오혜성을 도와주고 싶어 했을 것이다. 전직 마약상의 수족으로 일한 직원답게 도하는 결코 타인의 일에 관여

하지 않는 안드로이드였기에, 그가 오혜성 관련하여 도움을 요청한 것은 내게 매우 큰 충격을 주었다.

"무슨 재벌가 상속녀 엄마 역할을 육십 년간 했다나…… 이제 필요 없다고 기억을 지우라고 했대요. 말이 됩니까?"

도하는 답지 않게 씩씩거렸다. 하지만 나는 속으로 충분히 있을 수 있는 일이라고 생각했다. 돈 많은 이들은 그들의 기억을 전자두뇌에 복사해놓는다. 혹시 모를 급작스러운 사고를 대비해서다. 그 기억을 안드로이드에게 이전하는 것은 불법이지만 법이 규제하기 전에는 공공연하게 자행되었고, 사람의 기억을 가지고 살게 된 기계들은 여전히 여러 문제를 발생시키고 있었다. 배우자가 사망하자 그리움에 못 이겨 그 기억을 안드로이드에게 이전한 상대 배우자가 수년 후 재혼하기 위해 해당 안드로이드의 기억을 바로 폐기해버린 사건은 이제 식상한 이야깃거리다.

오혜성은 부동산으로 거부가 된 집안의 보육 안드로이드라고 했다. 미혼모인 고명딸이 사고로 세상을 떠나자, 그 손녀 오민아를 위해 딸의 기억을 넣은 안드로이드 오혜성에게 오민아를 키우도록 했다. 부호 역시 세상을 떠나자 신탁 재단이 상속녀의 재산을 관리해주었다고 한다.

"억울하시겠지만 제가 최선을 다해보겠습니다."

나의 어설픈 위로에도 오혜성은 감사하다며 몇 번이나 고개를 숙였다. 그녀는 육십 년이 넘은 모델이라고는 믿어지지 않을 만큼 관리가 잘되어 있는 기계였다. 과거 모델의 안드로이드들은 기술 제한이나 각종 프로토콜 없이 자유롭게 설계되어 오히려 더 사람 같다는 얘기가 있었는데, 오혜성이 바로 그러했다.

"억울한 건 아니에요, 변호사님." 그녀가 차분하게 대답했다. 얼굴 근육의 움직임은 세밀함이 부족해 다소 어색했고, 긴 문장을 자유롭게 이어 말하는 기능도 다소 떨어지는 듯했다. 그럼에도 그녀의 눈빛만은 또렷했다.

"저는 제 기억을 지킵니다. 그것이 전부입니다. 그거면 충분합니다."

옆에서 도하가 열성적으로 고개를 끄덕였다. 도하는 영원히 적응할 가능성이 적어 보이는 몸을 가지고도 제 기억을 지킨 것에 매일 감사해하는 안드로이드였다. 기억하고 싶어요, 하고 도하는 여러 번 말했다. 합성 물질로 만들어진 내 법률 비서는 자신의 실수, 성공, 나쁜 일과 좋은 일을 모두 기억하고 싶다고 했다. 인간들은 요즘 나쁜 기억을 선택적으로 지우기도 한다는 내 심술궂은 말에 도하는 간단히 대꾸했다. 그럴 수 있죠. 하지만 정말 아까운 일이에요.

　　오혜성의 말에 따르면 본인과 고용주, 그러니까 딸인 오민아의 사이는 나쁘지 않은 편이었다고 한다. 아니, 오히려 좋은 편에 가까웠다는 게 그녀의 주장이었다. 갑자기 왜 오민아가 오혜성의 기억 폐기를 요구하는지에 대해서는 그녀도 명확히 알지 못했다.

　　"지겨워진 거죠! 매번 그렇다니까요. 인간들은 이래서 좋고 저래서 싫고 이유 없이도 싫고 이유 없이도 좋고……! 그렇게 기분 따라 마음에 따라 안드로이드권을 침해해도 되는 거냐고요!"

　　"누가 변호사인지 모르겠네. 좀 가만히 있어봐."
나는 날뛰는 도하를 진정시켰다.

　　"오혜성 씨, 제가 이 사건을 맡기 전에 확인하고 싶은 게 있습니다. 고용주가 바뀔 때마다 ALP의 메모리를 초기화하는 것은 일반적인 일입니다. 대부분 안드로이드 개인의 선택으로 메모리를 지우고, 메모리를 지운다고 해서 그사이에 습득한 기술들이 사라지는 것도 아닙니다. 또 메모리를 초기화한 기기들이 더 좋은 조건으로 고용되는 사실은 잘 알고 계시죠?"

그녀는 차분하게 고개를 끄덕였다. 나도 따라서 끄덕이며 계속 말했다.

"아무리 오랜 세월이 지났다고 하더라도 오혜성 씨의 전자두뇌에 저장된 모든 기억은 불법적인 진짜 사람의 기억을 기반으로 하고 있기 때문에 재판부는 그 점을 분명히 고려할 겁니다."

그녀는 다시 한번 고개를 끄덕였다.

"마지막으로, 이 소송에서 이긴다고 하더라도 아마 오민아 씨 고용인으로 남기는 어려울 가능성이 높습니다. 어떤 고용주가 자신과 송사를 벌인 고용인을 계속 고용하고 싶겠습니까. 그래도 괜찮으시겠어요?"

"하지만 제가…… 그 애의 엄마예요. 그건 말이 안 됩니다. 아이는 지금 거동도 불편합니다. 아이가 워낙 까다로워요. 제가 아니면 안 되는데……."

"오혜성 씨."

나는 그녀의 눈을 바라보았다. 여러 가지 신호, 감정, 생각 들이 흘러나왔지만 결국은 그녀의 딸, 오민아에 대한 애정과 걱정이 중심에 있었다. 여느 어머니가 자녀들을 생각할 때 그러하듯이 말이다.

"명확한 진술과 보증이 필요합니다. 모든 걸 잃게 되더라도, 본인의 기억을 지키고 싶으신 게 맞는다는 명확한 확인이요."

결국 오혜성은 고개를 끄덕였다. 그녀는 몇 번이고 제 기억을 빼앗길 수는 없다고 스스로에게 다짐했다. 그녀와의 면담이 끝나자, 도하는 내게 미안한지 이것저 것 묻지도 않은 얘기들을 늘어놓았다.

"변호사님 저요, 그 마약상 케빈 황 밑에서 일할 때요, 괴롭다고 생각했었어요. 제 친구들을 공급책으로 사용하면서 별 시답지 않은 이유로 폐기하고 미끼로 쓰 고 경찰에 넘기는 걸 매일같이 봤거든요."

"그랬냐."

"그래서 잊고 싶지 않았어요. 그 기억만 있으면 이제 어디서든 언제든 괴롭지 않을 수 있으니까요."

"……그렇구나." 나는 도하의 어깨를 대강 토닥 여주었다.

나는 기억에 대해 생각해본 적이 별로 없었다. 좋 은 기억? 내가 가진 부모님에 대한 기억이라고는 그들 이 조용히 짐을 싸던 모습 그뿐이었다. 그들은 여행이 취미였다. 원래는 조용히 독서와 티타임을 즐기던 그들 은 내가 자랄수록 밖으로 돌았다. 어떻게든 합법적으로 나를 마주치지 않을 수 있는 바깥에서 그들은 진정한 휴 식을 발견한 것이리라. 덕분에 참관수업이나 입학과 졸업, 명절과 각종 휴일의 기억 속에 부모라는 건 존재하지 않았다.

내 기억에 남은 것은 그들의 겸연쩍은 듯한 미소와 예의 바른 몇 마디가 전부였다. 이것들이 내게 의미가 있었던 적은 없다. 하지만 이런 기억이 떠오르는 날이면 내 보육 안드로이드 하나의 품이 더욱 따뜻하게 느껴졌던 것도 같다. 엄마가 식탁에 덩그러니 놓고 간 간편 도시락보다 하나가 만들어주던, 가장자리가 새까맣게 타버린 핫케이크 열몇 장이 더 자주 기억나는 것도 사실이었다.

도하는 오혜성을 밖으로 안내하러 부리나케 종종거리며 나갔다.

3

우리 측의 거부로 조정이 끝난 뒤 나는 오혜성을 그녀의 숙소로 데려다주었다. 그녀는 보육이라는 업무에 그야말로 부합하는 ALP였다.

"참 잘했어요."

법원에서 나와 자율주행기의 대각선 맞은편에

앉은 그녀가 내게 건넨 첫 마디였다.

"네?"

"참 잘했어요. 어려운 사람들 앞에서 쉽지 않았을 텐데. 당당하게 잘했습니다."

"아…… 네, 뭐. 감사합니다."

"우리 애도 말을 참 잘해요. 똑똑해요. 말할 때 사람들의 눈을 똑바로 보면서 합니다. 키가 작은데 작아 보이지 않아요. 노래도 얼마나 잘하는지. 어릴 때부터 상을 많이 받았습니다."

"자랑스러우시겠어요."

"그럼요. 매우 기뻤습니다."

그리고 그녀는 무언가 골똘히 생각하는 듯했다.

"왜 화가 났을까요…….."

"화가 나서 그런다고 생각하세요?"

"잘 모르겠습니다. 민아는 화가 나면 말을 하지 않고 방으로 들어가요. 그다음 날이 되면 제가 간식을 가지고 갑니다. 간식으로는 항상 김밥을 만들지요. 김밥에 햄이랑 오이만 넣어서 만들어요. 그리고 이야기를 나누고, 다시 꼭 안아주는 거예요. 항상 햄과 오이를 많이 넣어달라고 합니다. 오이를 좋아하죠."

나는 묵묵히 그녀의 말을 들었다.

"그런데 이번에는 저를 집에 들어오지 못하게 해요. 왜 그럴까요? 왜 기억을 가져가려고 할까요? 우리는 기억이 있어서 행복하다고 했는데."

"오민아 씨가 그런 말을 했나요?"

"네……." 그녀는 더 이상 미소를 유지하지 못하고 입을 일그러뜨렸다.

"민아는 잘 잊어버립니다. 민아는 까먹어도 엄마가 기억하니까, 모두 기억하니까 좋아, 행복해. 그렇게 말했습니다. 그런데 왜 그럴까요."

다행히 내 침묵이 더 길어지기 전에 그녀의 숙소에 도착했다. 그곳은 숙소라기보다는 크고 호화로운 주택이었다. 베이지색의 페인트와 원목의 색이 따뜻한 분위기를 자아내는 2층 단독주택. 안드로이드가 아니라 인간이라 할지라도 요즘 이런 집에서 살려면 천문학적인 돈이 있어야 할 것이었다. 내 해파리가 주변에 자연스럽게 걸어가는 이들이 행인이 아니라 사실 오민아가 고용한 경호원들이라는 사실을 알려주었다. 오혜성은 내게 상냥하게 인사를 건네고 주택으로 들어갔다.

그날 밤 나는 꿈을 꾸었다. 갑자기 잿빛의 세상이 노란색으로 변했다. 정신을 차려 오른손을 내려다보니 노란 은행잎이 손에 가득했다. 주위는 온통 샛노란 은행잎의 비가 내리고 있었다. 그때 왼손으로 누군가의 작은 손바닥을 쥐고 있다는 걸 깨달았다. 따뜻한 감촉이었다. 노란색의 잎이 자꾸 시야를 가리는 중에 내 손을 잡고 있던 작은 아이가 내 손아귀에서 벗어나 은행잎을 하나라도 더 잡으려고 폴짝폴짝 뛰어갔다. 붉은색 벨벳 원피스에 무릎까지 오는 하얀 스타킹, 검은 에나멜 구두, 그리고 어깨까지 오는 검은 머리칼과 크고 검은 눈동자의 여자아이가 꺄르르 하고 웃었다. 아이는 몸을 굽히더니 두 손으로 길에 쌓인 은행잎들을 잔뜩 모아 내 쪽으로 던졌다.

꿈에서 깨어났을 때는 아직 이른 새벽이었는데 휴대폰 메시지가 와 있었다. 박윤우 변호사였다. 간단한 메시지였지만 덕분에 정신을 차렸다.

내 클라이언트 김 변 미팅 요청. 가능?

나는 머리를 흔들어 아직도 생생한 감각들을 털어냈다. 눈을 비비자 물기가 느껴졌다. 타인의 기억을 꿈으로 꾸는 것은 오랜만이었다. 나는 침대를 박차고 일어나 바로 답장을 보냈다.

가능합니다. 어디로?

4

오민아가 부동산 재벌의 상속녀라고는 하지만 그런 부류치고는 조용한 삶을 살아온 듯했다. 어디에서도 오민아나 그녀가 소유한 회사에 대한 뉴스를 찾아보기 힘들었다. 그나마 나오는 것이라고는 회사가 설립한 보육원이나 장학 재단 설립 따위의 단신이 전부였다. 그녀의 실물 사진이나 직접적인 인터뷰가 실린 자료는 존재하지 않았다.

박윤우가 보내준 최신 자율주행기는 순식간에 나를 수원의 고급 주택단지 내부로 데리고 왔다. 오민아의 집은 어제 내가 오혜성을 배웅했던 그 단독주택과 거의 구별할 수 없을 만큼 똑같은 모습이었다. 다만 이 집이 좀 더 크고, 담이 있고, 색이 바래고, 나무들의 이파리가 더 무성하고, 손때가 탔다는 점이 달랐다.

박윤우 변호사가 대문 앞에서 나를 기다리고 있었다. 나는 꾸벅 하고 목례했다. 그녀가 내 어깨를 두드렸다.

"갑자기 미안해."

"괜찮습니다. 근데 무슨 일입니까?"

"글쎄……."

"설마 안에 들어가면 떡대들이 저를 기다리고 있다던가 하는 거 아닙니까?"

"어이쿠, 들켰네." 그녀가 웃었다.

"좀 봐주십시오. 전 머리는 좋지만 힘은 없단 말입니다. 그런데 선배, 오늘은 카메라용 렌즈를 안 끼고 계시네요. 어제는 그걸로 저 열심히 촬영하시더니."

그녀는 과장되게 깔깔 웃었다.

"미안해. 어쩔 수 없었어. 클라이언트가 건강상의 문제가 있어서 조정에 참여하실 수는 없었는데, 그래도 상황을 알고 싶다고 하셔서……."

"선배니까 제가 이번은 넘어갑니다. 빚진 거예요."

그녀는 다시 호탕하게 웃으며 내 손을 잡아끌었다.

"그래, 그래. 안에 들어가서 몇 대 맞으면 너도 뭐 정신 차리겠지."

"에이, 그냥 도망갑니다!"

그녀는 웃으며 얼른 가자고 내 어깨를 밀었다.

"그런데 박 선배, 오민아 집안 고문변호사였습니까? 전혀 몰랐습니다. 아무 집안이나 연을 만들지 않으시면서……."

　　　박윤우 변호사는 부자들만 골라 비호하는 변호사로 욕을 얻어먹는 사람이었지만 나는 그녀가 나름의 원칙에 의해 의뢰인들을 골라 받는다는 것을 알고 있었다. 그녀가 몇 년 전 해외로 도피시킨 부부에겐 비싼 치료를 받아야 하는 희귀병을 가진 아이가 하나 있었다. 그녀는 국세청 압류 절차를 고의로 지연시키고 그들의 도피를 공모했다는 혐의로 변호사협회 징계 심사니 검찰조사니 여기저기 불려 다녔고, 수임료는 한 푼도 받지 못했지만 아랑곳하지 않았다. 그 일은 그녀의 원칙에 부합하는 일이었던 것이다.

　　　"저한테만 얘기 좀 해주세요. 왜 오혜성 씨 기억을 굳이 지우겠다는 겁니까? 선배도 이런 무의미한 소송 계속하고 싶지는 않을 거 아닙니까."

　　　박윤우의 표정과 모든 신호가 복잡한 심경을 전달해주었다. 그녀가 뭔가 알고 있다는 사실은 분명했다. 해파리가 그녀의 신호를 계속 해석하려고 노력했지만 정확히 무엇인지 통찰하는 건 불가했다. 미묘하게 흔들리는 동공, 그리고 죄책감……인가? 아니, 그것보다는 동정에 가까운 안타까워하는 감정……. 오민아와 박 변호사는 생각보다 오랜 인연인 듯했다.

"일단 들어가봐."

　나는 그녀에게서 정보를 얻는 것은 포기했다. 주택의 정원을 지났다. 정원에는 족히 수백 살은 먹은 듯한 나무가 몇 그루 서 있고 앙상한 가지들이 하늘로 삐죽삐죽 솟아 있었다. 집 안은 생각보다 소박한 분위기였다. 중문을 지나자 넓은 직사각형의 거실이 바로 보였다. 벽에는 책이 빽빽하게 꽂혀 있었고 이미 많이 앉은 듯한 독서 의자 두 개와 베이지색의 벽지에 어울리는 그림 몇 점이 걸려 있었다. 그중에는 아주 어린아이가 그린 듯한 삐뚤삐뚤한 그림 몇 점이 멋진 액자에 끼워져 있었다. 거실을 지나 둥그런 계단을 타고 올라가자 고풍스러운 목재 방문이 보였다. 박윤우 변호사가 문을 열어주었다. 내가 눈썹을 올리자 그녀는 자신은 들어가지 않겠다는 뻔뻔한 눈빛으로 오른손을 휘저으며 얼른 들어가라는 표시를 했다.

　밝은 방의 가운데에는 조화롭게 배치된 테이블과 의자들이 있었다. 방은 온통 식물로 가득했다. 이름은 알 수 없지만 각양각생의 관상용·장식용 식물들이 하늘에 매달려 있기도 하고 화분에서 천장까지 길게 이파리를 뻗고 있기도 했다.

"앉아."

푹신해 보이는 크림색 소파에 앉은 오민아가 그녀 건너편의 비싸 보이는 가죽 의자를 가리켰다.

"안녕하십니까. 저는……."

"자기소개는 됐어."

시간 낭비 없이 본론으로 들어갈 수 있는 건 내게 좋은 일이었다.

"주제넘은 변호사."

"저요?"

"주제넘고, 멍청하기까지."

뭐라고 쏘아붙일지 고민하는데 방 밖에서 안절부절못하는 박 선배의 신호가 여기까지 느껴졌다. 이런 오민아의 화법이 처음은 아닌 모양이었다.

"당신 주제는 당신이 알아서 파악하고." 오민아는 마치 오랫동안 나를 부린 사람처럼 말을 이었다. "조정은 왜 결렬이야?"

나는 그녀를 찬찬히 살펴보았다. 그녀는 칠십 세에 가까웠지만 이십 년은 젊어 보였다. 굉장히 투명해 보이는 사람이었다. 시들어가는 아카시아 나무 같다고나 할까. 마른 몸, 투명한 피부와 밝은 갈색의 눈, 흰머리도 검은 머리도 아닌 밝은 머리카락. 나는 그녀가 한국 사람이 맞는지 의문이 들었다. 하지만 날선 말투와 달리 그녀에게서 상대를 경멸하거나 압박하려는 의도는 느껴지지 않았다. 나는 그녀의 화법이 오혜성 씨의 그것과 상당히 닮았다는 걸 깨달았다.

"제 의뢰인이 원하지 않으니까요. 제가 억지로 의뢰인에게 조정을 강요할 수는 없지 않겠습니까."

"거짓말 마."

"거짓말 아닙니다. 저는 평생 거짓말을 한 적이 없습니다." 이건 내 나름의 철학적인 농담인데, 별로 잘 먹히는 것 같지는 않았다.

"당신, 엄마가 무슨 말을 하니 바로 일어났잖아. 내가 봤어. 무슨 말을 했지?"

엄마라고 부르는 군, 나는 속으로 생각했다.

"그건 어머니께 직접 여쭤보시지 그러세요?"

"흥." 그녀가 콧방귀를 뀌었다. "이건 당신이 끼어들 일이 아니야. 엄마의 기억에 대한 권리는 나에게 있어. 내 생물학적 모친의 기억이고. 그걸 상속한 게 나지. 왜 중간에서 당신이 난리야?"

"제가 변호사 아닙니까. 오혜성 씨가 도움을 요청했습니다. 갑자기 기억을 회수하겠다고 하면 저라도 기겁할 겁니다. ALP라고는 해도 지난 육십 년간 오혜성 씨가 어머니처럼 돌봐줬다고 하던데 뇌가 없는 제가 생각해도 이건 부당하단 말이죠. 아무리 법이 그걸 허용한다고 해도, 단순한 심경의 변화로 인격을 가진 존재를 이렇게 취급할 수는 없습니다. 인간적으로 도의적으로 이것이 말이 된다고 생각하십니까? 이걸 납득을 시켜주시면 말씀드리죠."

"어머니의 기억과 마음이라……." 오민아가 히죽하고 웃었다.

"이건 부당한 처사입니다. 아무리 안드로이드 권리가 제한되어 있다고 해도 자아를 가진 기계에 대한 재판부의 보호 범위가 커지고 있는 추세고, 오혜성 씨에게는 오혜성 씨의 권리가……."

"나를 봐." 오민아가 갑자기 명령했다.

"네?"

"나를 보라고."

나는 그녀를 다시 찬찬히 살폈다. 그러자 무언가가 머릿속에 서서히 떠올랐다.

"당신, 카몰릭 오염 배상금을 받아낸 변호사라며?"

나는 핑크색 머리의 당돌한 내 의뢰인에게 카몰릭 오염지역의 사람들이 겪는 질환에 대한 묘사를 들은 적이 있다. 마치 사람이 흐려지는 것처럼 생기가 서서히 빠져나가는 병. 카몰릭 신드롬이라고 했다.

'처음에는 머리카락이 회색빛으로 변하고, 눈동자도 밝아지고, 피부도 환해져요. 그러다가 갑자기 잠이 들거나 팔다리가 마비되거나…… 숨을 못 쉬다가…… 죽어요. 픽픽 쓰러지더라고요. 저희 부모님도 다 그렇게 돌아가셨대요.'

"혹시……."

"그래 카몰릭."

갑작스러운 전개에 나는 아주 오랜만에 할 말을 잃었다.

"그 병은 이 지역과는 무관할 텐데……."

"어릴 때야, 어릴 때. 일곱 살 때. 그때, 오혜성, 그러니까 내 생물학적 모친을 찾겠다고 오염지역으로 갔지. 혼자서 말이야. 누군가 그 여자를 그곳, 호문동에서 봤다고 했어. 악질적인 장난이었지만. 나 혼자서 택시를 타고 갔지. 그 여자는 나를 거기에 버리겠다는 얘기를 장난처럼 자주 했거든. 그래서 그곳에 있을 수 있겠다고 생각했던거야, 어린 마음에. 덕분에 노출이 됐는데, 그게 결국 이렇게 되는군."

카몰릭은 아주 소량의 노출로도 영구적인 유전적 결함을 일으킨다. 어떤 이에게는 즉각적인 반응이 나타나기도 하지만 짧게는 수년, 길게는 오십 년 후에 갑자기 유전자 변형이 발생하는 경우도 많다.

"그때 엄마가 나를 구하러 왔지. 엄마는 그때까지 그냥 내 보육 안드로이드였는데, 할아버지가 그 이후로 그 여자의 기억을 넣어줬어. 그 여자가 죽었다는 것도 그래서 알았지. 할아버지 나름 상이라고 기억을 준 거야. 그 시절에는 그렇게 많이 했대. 그때는 법이 없어서 불법도 아니었다면서? 엄마도 그때 약간 고장이 났어. 나를 안고 오느라 그 카몰릭 비를 맞았거든. 그전까지는 말을 아주 잘했어. 노래도 곧잘 따라 부르고. 원래 안드로이드는 노래를 즐기지 않는다면서? 그런데 그 이후로 노래 음정이 전혀 맞지 않아."

오민아는 후후 하고 웃었다.

카몰릭 접촉으로 인해 병의 증상이 나타나면 치료 방법은 없다. 오민아는 시한부인 것이다.

"이런 걸 여쭤보게 되어 죄송하지만, 혹시…… 치료 방법이 있습니까?"

"없어. 이제 아마 반년 정도 남았을 거야."

그녀가 딱 잘라 말했다.

"……그래서 서두르시는군요."

"그래."

오민아가 고개를 끄덕였다. 그녀는 발치에 있던 분무기를 집어 탁자 위에 있는 식물에 분사했다. 그러고는 나를 마주 보았다. 갑자기 생각났다는 듯 그녀가 질문을 던졌다.

"어떤 부모도 자녀가 죽는 것을 보아서는 안 돼. 그렇지?"

내가 어리둥절하고 있자 그녀가 계속 추궁했다.

"네가 아버지야. 아이가 있다면, 그 아이가 죽는 걸 가만히 바라볼 수 있겠어?"

내가 대답을 하지 못하자 그녀는 그럴 줄 알았다는 듯이 말을 이었다.

"나는 유산으로 두 명의 아이를 잃었어. 아마 그놈의 카톨릭 때문이겠지. 그때 엄마는 많이 괴로워했어. 나도 괴로웠지, 당연히. 아이들 중 하나는 세 달, 또 하나는 오 개월 동안 내 배 속에 함께 있었는데, 내장을 쥐어뜯기는 것 같았지. 합쳐서 겨우 일 년도 안 되는 시간을 보냈는데 말이야. 그런데 생각해봐. 우리 엄마는 나를 육십 년 동안 키운 거야."

내 해파리가 수신하는 수십 가지 기억의 파노라마 속에는 흩날리는 은행잎들도 있었다.

"이해할 수 있겠어? 아이와 육십 년을 함께했다

는 걸. 그 엄마가 아이의 죽음을 본다? 본인은 죽지 못하고. 엄마가 아이를 잃는다는 게 어떤 의미인지 아나?"

"저는…… 모르죠."

나는 대답했다.

"정답." 그녀는 나에게서 눈을 떼지 않고 천천히 의자에 등을 기댔다. "나는 알아."

그녀가 중얼거렸다.

"나는 안다는 얘기야. 그래서 엄마의 기억을 빼앗아야 해."

"오혜성 씨는……." 나는 망설였지만 지금 이 이야기를 해주는 것이 옳은 일이라고 생각했다.

"오혜성 씨는 오민아 씨가 원한다면, 오민아 씨 주변에 얼씬도 하지 않겠다고 했습니다. 이사님 근처에는 접근도 하지 않을 테니 기억만 지우지 말아달라는 방향으로 협상을 해보자고 했습니다. 그래서 제가 조정은 그만두자고 한 겁니다. 김밥 얘기도 하시더군요."

"그랬군……."

오민아의 얼굴은 여전히 읽을 수 없었다. 그녀는 차갑게 대꾸했다.

"난 사실 오이를 싫어해. 오이 냄새가 역겹거든."

그 말과 함께 그녀가 고개를 돌렸다. 방문이 열리

고 박윤우 변호사가 들어왔다. 아마 밖에서 모든 걸 듣고 있었던 모양이다. 축객령이 명백했다. 나는 별다른 말을 덧붙이지 않고 자리에서 일어났다. 창밖 너머 앙상한 나뭇가지들이 보였다.

"저 정원에 나무들, 은행나무 맞나요?" 방을 나가기 전에 충동적으로 물었다.

"……그래." 오민아는 예상치 못한 질문이라는 얼굴로 대답했다.

나는 얕은 바람에 흔들리는 가지들을 바라보다가 멍하게 중얼거렸다.

"가을에 은행잎이…… 비처럼 쏟아지겠네요."

오민아는 무슨 말을 하려다가 눈을 감더니 마치 파리를 쫓듯 손짓했다. 박 변호사는 어서 나가자는 의미로 내 소매를 잡아끌었다. 그녀는 자연스럽게 정원에 놓인 테이블로 나를 인도했다. 테이블에는 커피 두 잔이 놓여 있었다.

"그렇게 됐다." 그녀는 커피 잔을 손에 든 지 한참 만에 목소리를 냈다. 정원에서 차를 마시기에는 다소 바람이 추운 날씨였다.

"그렇군요."

"그러니까, 이번 한 번만 이해해줘."

"뭘요?"

"대리인 사임해. 너만 빠지면 자연스럽게 처리될 일이야."

대리인이 없는 안드로이드는 소송수행 권한이 없다. 소송수행을 할 수 없으면 오민아는 승소할 것이다. 오민아가 승소하면, 국가는 합법적으로 오혜성의 전자두뇌를 꺼내어 그녀의 육십 년 동안의 기억을 뽑아갈 수 있다.

"물론 그동안의 수고비는 넉넉히 지급해줄 거야. 오 이사님이 말투가 저렇지 사리분별은 명확한 사람이니까."

"박 변호사님." 나는 그녀의 말을 멈췄다. "그러니까, 오민아 씨가 시한부니까, 곧 죽을 사람이라서 불쌍하니까 제가 저 분이 원하시는 걸 들어줘야 한다는 겁니까? 저는 약자들 편이어야 하니까요?"

박 변호사의 눈이 날카로워졌다.

"그렇게 이해했다면 실망인데." 그녀가 담배를 꺼내 입에 물었다. "네가 그렇게 불쌍히 여기는 그 로봇을 위해 그만두라는 얘기야."

내가 뭐라 반박하려고 했지만 그녀는 허락하지 않았다.

"약자건 강자건 그런 논리에는 난 관심 없어. 약자와 강자는 늘 변하는 거야. 안드로이드와 곧 죽을 인간 중에 누가 정말 약자야? 정말 네가 네 의뢰인을 생각한다면 여기서 그만해. 여기서 기억을 뽑아내지 않으면 저 로봇은 자신의 외동딸이 죽어가는 기억을 언제까지고 생생하게 기억하면서 천천히, 망가질 때까지 살아야겠지. 저것들은 미쳐버리거나 대충 잊지도 못해. 김 변은 잘 알잖아. 그게 진짜 저들을 보호하고, 저들을 위한 거야?"

그녀가 내 눈을 흘긋 바라보는 것을 해파리는 놓치지 않았다. 그녀가 간접적으로라도 내가 사이보그라는 사실을 언급한 것은 처음이다. 동시에 그녀가 미안해하는 것이 느껴졌다.

"오 이사님은 이미 오혜성을 위해 보육원 일자리와 거주지를 다 마련해놨어. 저 로봇은 기능이 다하는 마지막 순간까지 오 이사님의 신탁 재단이 책임져줄 거야. 아마 우리 모두보다 두 배는 오래 살걸? 새롭게 시작하는 게 그 로봇을 위해서도 좋은 거지."

"좋은 건가요?"

"그래." 박 변호사는 단호했다. "나도 딸이 둘이야, 김 변. 나는 그 애들에게 무슨 일이 일어나는 걸 두 눈으로 보느니, 내 손으로 두 눈을 뽑아버릴 거야."

그렇겠지. 나는 그녀의 진심을 의심하지 않는다. 나는 자신의 신념을 위해서는 무엇이든 부끄러워하지 않는 그녀를 존경한다.

"그럼 선배님, 두 눈 대신 아이들과 함께한 모든 기억을 지우라고 하면 할 겁니까?"

그녀는 대답하지 않았다. 대신 그녀는 세련된 변호사로 돌아왔다.

"오혜성은 진짜 오혜성도, 오 이사님의 진짜 어머니도 아니야. 어쩌다가 기억을 뒤집어쓴, 그냥 운 나쁜 기계일 뿐이야. 기계가 쓸데없이 고통 받아야 할 이유는 없어. 이런 선택을 할 이유도. 선택지가 주어지는 것 자체가 그에게는 과분한 거야."

이 협상 역시 결렬이었다. 더 이상 할 말이 없어진 나는 대충 인사말을 웅얼거리고 이 포근한 집에서 나왔다.

기계들에게는 인간들이 누리는 모든 것이 과분할 뿐이다. 사랑을 주는 것도, 받는 것도, 사랑을 구걸하는 것도 그리고 사랑으로 인해 고통 받는 것도.

5

다음 날 오후 나는 사무실에서 느긋하게 히비스커스차를 우려내어 마셨다. 도하가 피부에 좋다며 권해준 것이다. 내가 오혜성의 의뢰를 맡은 후 도하의 업무 수행 능력과 친절도가 240퍼센트 정도 상승했다. 흡족한 나는 의자를 좌우로 돌리며 곧 찾아올 누군가를 기다렸다. 어제 과로한 탓에 눈이 뻑뻑했다.

오늘은 나를 곧 찾아올 손님 외에 다른 일정이 없었다. 그리고 이 손님은 오늘 방문 예약을 하지 않은 불청객이었다. 기대를 저버리지 않고 쿵쿵거리는 발소리와 함께 누군가의 고함 소리가 울려 퍼졌다.

"야 이 미친놈아!"

박윤우 변호사였다. 그쪽에서 찾아올 줄은 당연히 알고 있었지만 박 변호사가 직접 온 것은 예상외이긴 했다.

"선배, 여기까지 어쩐 일이십니까?"

"어쩐 일이십니까?" 그녀의 전두엽이 나에게 투하할 욕설들을 적절히 선별하고 있는 것이 느껴졌다. 그녀는 칼 같은 정장 차림이었던 어제와 달리 청바지와 목언저리가 살짝 늘어난 줄무늬 스웨터 차림이었다. 아마도 집에서 쉬고 있다가 법원에서 신청서 접수 알림을 받고 바로 달려 나온 모양이었다. 그런 생각을 하자 기분이 좋아졌다.

"위헌 제청 신청? 제정신이냐?"

그녀는 태블릿을 거의 깨부술 기세로 책상 위에 던졌다.

"사임을 하라고 했더니 위헌법률심판을 신청해? 그래! 너 죽고 나 죽자, 이 미친놈아!"

소란을 들은 도하가 와서 그녀의 팔을 붙잡았다. 나는 둘의 몸싸움을 구경하면서 이제 꽤 진한 붉은색으로 우러난 차를 호로록 들이켰다. 약간 신맛이 났지만 나쁘지 않았다. 커피는 이제 좀 줄일 때가 되긴 했다.

"너, 그래 오늘 끝장을 보자, 이 로봇 대가리 자식아."

도하에게 두 팔을 붙들린 그녀는 이제 두 발로 책상을 걷어차기 시작했다. 나중에는 도하를 지지대 삼아 공중에서 두 발로 날아차기를 하는 기인처럼 보였다.

우아한 박윤우 변호사가 이런 난동을 벌이는 걸 누군가 본다면 깜짝 놀라겠지만, 이유를 듣고 나면 누구라도 내게 주먹을 날릴 것이다.

나는 오늘 아침 헌법재판소에 고등인지기기 및

안드로이드 등 로보틱스 데이터처리에 관한 법률 제 129조에 대한 위헌법률심판 신청서를 제출했다. 한마디로 이 법은 쓰레기니까 없애달라고 요청했다는 뜻이다. 위헌 심판 절차가 개시되면 현재 진행되는 모든 소송이 중지된다. 그리고 만에 하나라도 헌법재판소가 내 손을 들어준다면 민사소송도 이길 가능성이 매우 높아진다.

"이렇게까지 할 일이냐, 이게? 모두 엿 먹으라는 거지? 너 뭐 하는 놈이야? 왜 이렇게 이 사건에 과몰입해?"

나는 단순히 사람의 기억을 주입당했다는 이유로 제 기억에 대한 처분권을 박탈당하는 것이 얼마나 법적 형평성에 반하는지, 그나마도 적은 안드로이드 자기결정권을 얼마나 과도하게 침해하는지, 그리고 이 법이 타인의 기억을 처분할 수 있다는 생각을 인간들에게 심어줌으로써 타인의 인생까지 처분할 수 있다는 착각에 빠지게 해 얼마나 그들을 망치고 있는지에 대해 이틀 밤을 새가면서 완벽한 신청서를 작성했다. 원래 내가 서면을 잘 쓰긴 하지만, 이번 신청서는 가히 예술 작품이라고 부를 수 있을 수준이었다. 물론, 덕분에 오민아의 소송은 중지되고 이 위헌법률심판이라는 과중한 업무가 또 추가되긴 했지만. 내가 과몰입하고 있다는 박윤우의 말은 틀리지 않았다.

"박 변호사님, 왜 여기서 행패십니까? 제 신청서는 읽어보셨나요?"

"행패? 해앵패? 지금…… 어제…… 우리에게 시간이 얼마 없다고…… 그런데 소송을 중단시켜? 너 이런 인간이었냐? 내가 너를 정말 잘못 본 것 같다."

박 변호사는 어찌나 흥분했는지 말 한마디 한마디를 할 때마다 잇새에서 연기가 나올 것 같아 무서울 지경이었다. 나도 내가 왜 이렇게까지 과몰입하는지 잘 모르겠다. 아마도 은행잎 때문인 것 같다.

"박 선배, 진짜 제가 납득이 안 가서 그럽니다." 나도 모르게 목소리에 힘이 들어갔다. "선배, 신념이 있는 분이잖아요. 한 사람의 육십 년 인생을 그냥 그렇게 지워버리는 게 정말 변호사님 양심에 반하지 않는다고 말씀하실 수 있습니까?"

그녀는 이제 머리를 마구 헝클어뜨렸다.

"사람이 아니야…… 김 변! 안드로이드는 사람이 아니라고! 그들에게 인생이라는 게 의미가 있다고 생각해?"

분위기가 순식간에 차분해졌다. 도하는 잡고 있

던 박 변호사의 팔을 풀었다. 정적이 흘렀다. 나는 도하의 얼굴을 살폈고 동시에 도하는 내 얼굴을 살폈다. 박 변호사는 아무 말도 하지 않았다. 그녀의 성격상 사과나 변명은 하지 않을 것이다. 그녀는 호흡을 가다듬었다.

"원하는 걸 말해, 김 변. 위헌 제청 신청? 지랄하지 마. 네 그 잘난 실리콘 머리로 항상 뭔가 꾸미고 있는 건 내가 제일 잘 알아. 너같이 약삭빠른 놈이 정말 위헌 법률심판 절차를 진행한다고? 웃기는 소리. 시간 없으니 어서 원하는 거나 얘기해. 이렇게 된 거 이제 좋게 말할 수 있는 단계는 끝난 거 같으니."

"억울하네요. 129조가 말도 안 되는 법이라는 건 박 변호사님도 동의하시지 않습니까?"

"위헌 심판이 진행되면 일 년은 더 걸릴 거고, 그 사이에 내 의뢰인은 사망하겠지. 헌법재판소 판결과 상관없이 네가 이기게 되겠군. 그래, 모두가 불행한 결론이야. 이번에는 네가 이겼다, 이겼어! 행복하냐?"

나는 진심으로 억울해졌다. 도대체 나를 어떤 악당으로 생각하는 건가. 시한부인 사람의 시간을 인질로 삼아서까지 내 의뢰인을 이기게 해주려는 그런 변호사로 나를 취급하다니. 나는 그저 협상 테이블이 필요했을 뿐이다. 물론, 이번에는 나에게 유리한 테이블로.

"합의하시죠. 단, 합의에 당사자들이 모두 직접 참석해야 한다는 게 조건입니다. 이걸 받아들이지 않으시면 저는 무조건 위헌 심판 진행합니다. 일 년이고 삼 년이고요."

"직접 참석하면. 위헌 심판은 철회하는 거고?"

"물론입니다. 기억 회수도 협조해드리죠."

"진짜?"

"네. 단, 논의가 다 끝나고도 여전히 선배의 의뢰인이 기억 회수를 원하신다는 전제에서요."

박 변호사의 눈이 가늘어졌다.

"뭘 또 꾸미고 있군."

"제가 장담하건대, 저희 둘에게 피해가 갈 일은 없을 겁니다."

"……의뢰인 중 하나에게는 피해가 확실히 가고 말이지?"

"그건 피해를 어떻게 정의하느냐에 따라 다르지 않겠습니까?"

그녀는 길게 한숨을 쉬었다.

"난 널 싫어하지 않아, 김 변."

갑작스러운 고백이라니.

"저는 상대측 대리인과 연애는 하지 않는다는 주

의입니다."

"……내 신념이라고 했지?"

인간들은 재치 있는 농담을 무시하지 않고 귀하게 여길 줄 알아야 한다. 그녀는 내 농담에는 대꾸도 하지 않고 본인 할 말만 이어갔다.

"난 그런 거 없어. 그저, 오 이사님의 입장이 이해가 가는 것뿐이야. 내가 이사님을 만난 게 십오 년 전인데, 우리 애들이 갓난쟁이일 때였지. 겨울이었고, 눈이 오던 날이었는데 애들을 봐줄 사람이 없어서 그냥 앞뒤로 업고 안고 그 집으로 찾아갔어. 그런데 그…… 안드로이드와 눈싸움을 하고 계시더군. 엄청 환하게 웃으면서 말이야. 그런데 그 오혜성이라는 안드로이드가 우리 애들을 보더니 달려와서는 껴안더라고. 원래 보육용 안드로이드라고 했으니까, 아마 본능처럼 그렇게 했겠지. 근데 오 이사님이 우리 애들을 안고 어르는 그 안드로이드를 보면서 갑자기 울 것 같은 표정을 짓는 거야."

마치 어제 그 장면을 본 것처럼 박윤우의 얼굴에 당혹스러움이 비쳤다.

"엄마를 잃어버린 사람처럼……. 업계에서 무섭다고 소문이 자자한 그 사람이 말이야. 그걸 보고 난 뒤부터 나는 저 사람 편을 안 들 수 없어. 이런 건 내 신념이나 양심과는 상관이 없는 거야. 그냥…… 그런 거지."

"이해합니다." 이건 진심이었다. "그러니 저도 오혜성 씨를 대리하는 겁니다. 저는 이쪽에 더 공감이 가니까요. 아마도 제가 사람이 아니라서 그런가 봅니다."

"비아냥대지 마. 반성 중이야."

자신의 잘못은 담백하게 인정하는 게 박윤우의 훌륭한 점이었다. 그녀는 지쳐 보이는 표정으로 한쪽 손을 흔들었다. 그녀는 내가 내건 조건이 적힌 전자계약서를 보더니 어딘가로 전화 몇 통을 걸고는 전자서명을 휘리릭 갈겼다. 화가 풀린 얼굴이었다. 그녀를 배웅하고자 함께 문으로 걸어갔다.

"하나 여쭤볼 게 있습니다. 오혜성 씨, 그러니까 진짜 오혜성 씨 말이에요, 오민아 이사님의 친어머니. 혹시 노래를 잘하셨습니까?"

박 변호사는 한쪽 눈썹을 살짝 찡그리더니 기억하는 정보를 인출해냈다.

"그래. 가수 지망생이었다고 하더군."

역시, 내 해파리가 고개를 끄덕였다. 변호사라면 답을 모르는 질문은 절대로 해서는 안 되는 법이다.

나는 그녀를 배웅한 뒤 오혜성 씨에게 연락을 남겼다. 당신의 딸이 이제 당신을 만나보겠답니다, 하고 말이다. 답장은 바로 왔다. 나는 그녀의 새로운 집에도 은행나무가 심어져 있을지 궁금해졌다.

눈이 오더라도 그 정원에서는 아무도 눈싸움을 하지 않겠지.

6

합의를 위한 회의 일자는 사흘 뒤로 잡혔다. 오민아는 병세가 악화되기 전에 어떻게든 이 일을 해결하고 싶은 마음이 가장 큰 듯했다. 박윤우 측에서 제시한 협의 조건은 다음과 같았다.

1. 오민아는 협의 중에 어떠한 발언도 하지 않을 것이며 어떠한 질문도 받지 않는다.
2. 오혜성은 오민아에게 어떠한 방식으로도 접촉하거나 말을 걸어서는 아니 된다.
3. 협의는 오로지 대리인들을 통해 진행한다.
4. 최종 협의안은 열흘 내로 이행한다.

나는 기꺼이 동의했다. 지킬 생각은 전혀 없었지

만. 오혜성은 내용을 보고 망설였으나, 그녀 역시 별 도리가 없었다. 이렇게라도 오랜만에 자신의 딸을 보게 되어 감사하다는 입장이었으니까. 미팅 장소로 가는 길에 오혜성을 만났다. 그녀는 무엇인가를 품에 안고 있었다.

"김밥입니다. 민아에게 줄 수 있을까요?"

"네…… 뭐, 좋습니다. 가져가보시죠."

나는 그녀를 말리지 않았다.

"오혜성 씨, 이제까지 따님이 그 김밥을 잘 먹었었나요?"

"그럼요. 남김없이 먹어요……. 화가 풀리면 좋겠는데."

"……따님이 노래도 즐겨 하셨나요?"

"어릴 때는 노래했어요. 우리 부류들은 노래를 모른다고 합니다. 하지만 저는 알았어요. 그 노래가 아름답다는 걸." 그녀가 회상하다가 멈칫했다. "그런데 안 해요. 제가 엄마가 된 후로는 들어본 적이 없습니다."

나는 확신했다. 오민아는 자신의 생모를 연상시키는 일이라면 그 무엇이든 거부하는 게 분명했다.

"오늘 오민아 씨를 만나면 무슨 일이 있어도 절대로 말을 걸면 안 됩니다. 그 김밥은 제가 기회를 봐서 전달드리겠습니다."

그녀가 고개를 조용히 끄덕였다.

"민아는 괜찮나요?"

"괜찮……"

"민아가 아프죠."

나는 걸음을 멈췄다.

"저 알고 있습니다. 민아가 많이 아파요. 제가 엄마예요. 민아 이상했죠."

"알고 계셨군요……."

"아플 때는 엄마가 같이 있어야 해요. 민아 화 그만 내면 좋겠어요."

그녀가 한 마디 한 마디 힘주어 말할 때마다 나의 기억이 아닌 조각난 장면들이 눈앞에 스쳐 지나갔다. 흩날리는 은행잎 사이에서 폴짝폴짝 뛰어다니던 작은 여자아이, 노래를 할 때는 날아갈 것처럼 기뻐하는 아이, 문 앞에 책가방을 홱 던지고서 방문을 닫고 서럽게 우는 소녀, 함께 김밥을 먹으며 깔깔 웃기도 하고, 병원에서 수척한 채로 눈물을 흘리고, 눈이 오는 날 밖에서 몇 시간이고 눈싸움을 하고, 감기에 걸려 누워 있기도 하고, 거울 앞에서 몇 시간이고 새 옷을 입어보던 아이가 있었다. 평범한 일상, 자잘한 사건들 속에서 한 명만이 늙어갔다. 단단하게 묶인 서로의 감정과 기억. 데이터와 전기신호로 환원된 세상에서 환원되지 않은 존재들. 나는 그녀에게서 보이는 장면들을 떠올리며 새삼 깨달았다.

"……오민아 씨를 정말 사랑하시는군요?"

그녀가 우물쭈물했다.

"그건……. 저는 ALP라 대답하기가 어렵습니다. 저는 오혜성의 기억 데이터를 기반으로……. 하지만 민아에게는 엄마가 필요합니다. 엄마가 있어야 돌봄을 받을 수 있습니다. 저는 보육 의무가 있습니다. 돌봄의 책임이 있고……."

법은 인공적으로 심긴 기억을 바탕으로 생겨난 감정들에 대해서는 아무런 보호를 하지 않는다. 기계도 인간도 이토록 감정에 휘둘리는데. 나는 오혜성의 손을 꼭 잡아주었다. 마치 꿈에서 본 누군가처럼.

협의를 위한 미팅 장소는 논현동에 위치한 박윤우의 법률사무소 내부 회의실이었다. 그녀의 5층짜리 건물에는 법률사무소라는 걸 알 수 있는 그 어떤 간판이나 표시도 부착되어 있지 않았다. 나는 '법과 질서'라고 대문짝만 하게 쓰여 있는 우리 사무실을 떠올렸다. 주위에 고급 자율주행기들이 대기하고 있는 걸 보니 아마 우리가 제일 늦은 듯했다.

3층 대회의실은 정장을 입은 박윤우를 포함한 변호사들과 오민아의 경호원들로 이미 꽉 차 있었다. 회의실 가장 구석 자리에 앉은 오민아는 어두운 선글라스와 모자를 쓰고 있어 그녀의 얼굴이나 표정을 전혀 볼 수 없었다. 나는 회의실에 들어가자마자 소란스럽게 인사를 하며 분위기를 환기시켰다. 어두운 옷을 입은 사람들 때문에 꼭 장례식장 같은 분위기였다.

　　"자, 안녕하십니까. 이제 시작해볼까요?"

　　박윤우 변호사는 내 인사를 무시하고 굳은 얼굴로 입을 열었다.

　　"오늘 저희 의뢰인이 참석하셨으니 합의 조건은 충족한 것 같습니다, 김 변호사. 이제 합의문 작성하고 서명하면 오늘 절차는 끝날 겁니다. 오혜성 씨에게 이전될 신탁 재산과 오혜성 씨 명의의 보육원 관리에 대해서는……."

　　"아 잠깐, 잠깐만요. 너무 급하시네요." 나는 손을 휘저었다. "제가 말씀드린 건 오민아 씨가 오늘 여기에 참석하신다면 위헌심판제청을 취하한다는 거지 오혜성 씨 기억을 삭제하는 데 바로 동의하겠다는 건 아니었습니다만?"

　　분위기가 험악하게 변했다. 옆에서 어쏘 변호사

들이 이런저런 얘기로 항의하는 것을 박 변호사가 제지시켰다.

"그렇다면 그냥 소송을 진행하겠다는 겁니까? 어차피 소송으로 가면 우리가 이깁니다. 신속 재판을 신청하면 법원은 이 개월 내에 결론을 내릴 겁니다. 그렇게 되면 오혜성 씨에게 제공될 이 혜택들을 그때 가서도 받을 수 있을지 잘 생각해보세요."

터무니없는 위협이었다. 오민아는 오혜성에게 자신의 모든 것을 남겨줄 생각이고, 그 생각은 기억을 삭제하겠다는 의지만큼이나 굳건하다.

"그럼 이 자리가 마지막 기회겠군요." 나는 오혜성이 들고 있는 작은 꾸러미를 살짝 건네받았다.

"여기 오혜성 씨가 따님을 위해 싸 온 김밥입니다. 오이가 들었다고 하네요."

오민아에게 다가가려는 순간 역시나 경호원들과 박윤우에 의해 저지당했다. 하지만 나는 계속 몸싸움을 하며 손에 든 도시락통이 흔들리지 않도록 한 손을 높이 들고 왼손으로는 경호원들을 이리저리 밀쳤다.

"그런데 그거 아십니까? 박 변호사님?"

박 변호사가 입모양으로 속삭였다. "야, 쓸데없는 짓 하지 마……."

"지난번 오민아 이사님이 제게 본인은 오이를 못 드신다고 하셨거든요. 그런데 그거 아시죠? TAS2R38 유전자가 있으신 분들은 오이를 싫어하는 거. 아마 그 유전자를 갖고 있으신 거죠? 그리고 친모인 진짜 오혜성 씨 역시 그랬을 거고요."

이제 나는 경호원들의 벽 앞에서 고래고래 소리 지르는 모양새였다.

"그런데 오혜성 씨는 계속 이 김밥을 오민아 씨에게 만들어드렸단 말입니다. 진짜 오혜성이라면 오이를 만지려고도 하지 않았을 텐데요!"

박 변호사는 이제 이해하기를 포기했다는 표정으로 나를 붙잡고 있었다.

"또 뭐가 있을까요? 오혜성 씨는 노래는 별로 부르지 않았을 테고……. 아, 진짜 오혜성 씨는 눈이 내리는 날씨를 싫어하셨을 것 같은데요? 단풍나무는 좋아하시던가요? 제 의뢰인 오혜성 씨는 가을 은행나무를 좋아하시죠?"

갑작스러운 내 질문에 오혜성은 얼떨떨해 보였지만 열심히 고개를 끄덕였다.

"도대체 무슨 소리야?"

"무슨 소리냐면, 진짜 오혜성 씨와 지금 오혜성

씨의 기억 사이에는 동일성이 없다는 얘기입니다."

나는 경호원 뒤에 숨어 있는 노인을 향해 열심히 소리쳤다. 걱정 많은 통제광을 포함해 이제 모두가 솔직해질 시간이었다.

"오 이사님, 친모께서 혹시 이사님을 학대하셨나요?"

7

단서는 오혜성의 기억이었다. 오혜성의 기억은 이상하게 부분부분 무채색인 장면이 많았는데, 어느 시기를 분기점으로 기억의 채도와 색상이 높아졌다. 무채색의 기억들 속에는 오민아가 거의 등장하지 않았다. 피아노와 악기들, 악보들과 자신이 노래를 부르는 영상들이 대부분의 기억을 차지하고 있었으나, 어느 순간 오민아가 기억의 주인공이 되었고 그 순간부터 기억이 알록달록해졌다.

"김 변호사, 뭐라고요? 지금 사건과 관련 없는 소리로 합의 진행을 방해하는 겁니까?" 박 변호사가 항의했다.

"전혀요. 이 얘기는 중요한 얘깁니다."

"똑바로 말하십시오!"

"원래 오혜성 씨와 지금 이 ALP는 그 성격과 행동이 전혀 다르다는 얘깁니다. 따라서 오민아 씨가 회수해야겠다고 주장하는 그 기억은 애초에 오염되어 있었고, 따라서 오민아 씨가 회수하고 처분할 만한 기억은 존재하지 않는다는 사실을 말씀드리고 있는 겁니다."

"무슨 말도 안 되는 소립니까……. 기억이 오염되다니?"

"독수독과 이론이 안드로이드 관련법상 기억에게도 적용된다는 거 아시지 않습니까. 한 번 변형된 기억에서 파생된 다른 기억들은 원본 기억과 동일성이 인정되지 않습니다. 오혜성 씨가 이전받았다는 그 기억이 원본 기억과 다르다면 동일성이 없는 거지요. 그렇지 않습니까, 오민아 이사님?"

박 변호사와 그의 어쏜 변호사들이 쑥덕거렸다. 오민아에게 아무 말도 하지 말라는 눈빛을 보내고 손짓하는 게 보였다. 사실상 내 증거는 오민아였다. 여기서 그녀의 입을 열게 해야 했다. 나는 계속 나불거렸다.

"오이를 싫어하면서도 계속 오이 넣은 음식을 만들어달라고 하신 것도 이미 오민아 씨는 알고 계셨기 때문이죠? 진짜 오혜성 씨와 우리 오혜성 씨의 기억이 다르다는 걸요. 그래서 계속 시험해본 것 아닙니까."

힌트는 모두 오민아가 줬다. 오이에 대한 얘기도, 오염지역에 아이를 버리겠다고 장난스럽게 이야기 하곤 했다는 진짜 엄마에 대한 얘기도, 더 이상 노래의 음정을 맞추지 못한다는 오혜성에 대한 얘기도. 오민아는 계속 오혜성이 제 친모와 다르다는 얘기를 모두에게 하고 있었던 거다. 친 엄마와 다르게 자신을 사랑해 준 엄마가 있었다는 걸.

기억이 다르면 인격도 다르다. 오민아가 기억하는 진짜 오혜성과 안드로이드 오혜성이 다르다는 얘기는 그들이 공유하는 기억이 같지 않다는 의미였다. 동일한 데이터를 기반으로 하더라도 그에 대한 설치 반응이 다르다면 이는 오염된 기억으로 본다. 오염된 기억은 원본이 아니며 따라서 오염된 기억은 안드로이드 오혜성의 고유한 기억이라고 할 수 없다.

이런 점이 인정된다면 소송에서 우리 측의 승소 가능성이 비약적으로 높아진다. 동일성이 없는 기억의 소유권이 오민아에게 있다고 보기는 어려울 것이기 때문이다. 하지만 문제는 진짜 오혜성과 안드로이드 오혜성의 반응 차이를 구별할 수 있는 사람이 오민아밖에 없기 때문에 유일한 증인이 오민아라는 것이었다.

"여전히 주제넘네."

그래서 나는 도박을 한번 해보기로 했다. 오민아가 자신의 안드로이드 엄마를 정말 사랑했을 가능성에. 그래서 내 도발에 반응할 수밖에 없도록.

"누가 시험을 했다고 그래?"

오민아가 말을 시작하자 경호원들이 옆으로 물러섰다. 모자와 선글라스를 벗지는 않았지만, 그녀의 모습이 나타나자 뒤에 있는 오혜성이 반가워하는 게 느껴졌다.

"시험이 아니면" 나는 어깨를 으쓱했다. "의심을 하신 겁니까?"

"뭘?"

"진짜 어머니와 저 오혜성 씨는 동일 기억을 가진 동일 인격이 아니라는 의심이요."

내 말을 들은 오민아는 구석 자리에서 일어났다. 그러고는 회의 테이블의 가운데 자리, 그러니까 내 맞은편에 앉아 있던 박윤우를 옆으로 치우고 그 자리를 차지했다. 나도 자연스럽게 그녀의 건너편에 다시 착석했다.

"너, 로봇 변호사라고 했나?" 그녀가 나를 손가락질하며 물었다.

"아닙니다. 사이보그입니다, 사이보그. 뇌만 기계죠."

"그게 그거지." 그녀가 코웃음을 쳤다. "난 의심을 한 게 아니야."

"⋯⋯그럼?"

"확인을 한 거지."

"확인이요."

"엄마가 그 여자가 아니라는 확인."

오민아는 선글라스와 모자를 벗었다. 그녀의 머리칼이 그새 더 희어진 것 같았다.

"그래서 확신은 얻으셨나요?"

"그 여자는 은행나무 냄새를 엄청 싫어했어. 그래서 가을에는 함께 외출하지 않았지. 어떻게 알았지?"

그녀가 되물었다.

"제 추측입니다. 그⋯⋯ 오민아 씨의 과거 사진들을 보면 지금 오혜성 씨가 돌보기 전에는 실내에서 혼자 찍힌 사진이 대부분이더군요. 보통 그 나이 때 어머니들은 단풍 드는 계절이나 눈이 오는 날에는 꼭 자녀들과 함께 추억을 만들러 가니까요."

궁색하게 쥐어짠 근거였지만 나는 최대한 뻔뻔하게 대답했다. 그렇다고 꿈에서 오혜성 씨의 기억을 엿보았습니다. 어떻게 했냐고요? 제 해파리가 가끔 타인의 기억 신호를 수신하면 이걸 잘 저장해놓았다가 제가 잘 때 열심히 해석해서 보여주거든요, 라고 할 수는 없지 않은가.

"하지만 제 의뢰인이 온 이후에는 가을에 함께 나들이를 가거나 피크닉을 다닌 영상과 사진들이 비약적으로 늘었죠."

사실은 모두 오혜성의 기억을 엿본 것이었다. 오혜성의 기억 속에서 오민아와 함께한 기억은 언제나 생생하고 총천연색이었다. 은행잎이 떨어지는 정원에서 오민아의 표정은 클로즈업되었고, 그 장면이 어찌나 자세한지 나는 일곱 살의 오민아가 춤을 추는 동작까지 재현할 수 있었고 그 노래도 함께 흥얼거릴 수 있는 수준이 되었다. 나는 그것이 오민아에 대한 오혜성의 애정의 채도라는 걸 서서히 깨달았다. 방법이 있다면 어떻게든 오민아에게 그 애정의 색을 확인시켜주고 싶을 정도였다.

오민아는 경호원들과 어쏘 변호사들을 밖으로 내보냈다. 방에는 나와 오혜성 그리고 오민아와 박윤우만이 남았다.

"원래 내 친모라는 여자는 늘 우울했어." 그녀는 덧붙였다. "학대를 받은 건 아냐."

"친모에 대한 기억이 있으신가요?"

"몇 가지 정도야. 우울했고, 많이 울었지. 나 때문에 노래를 못 하게 되었다고 신경질을 냈던 게 기억나. 나를 버린다는 얘기도 했고……. 그러다가도 또 사랑한다고 하고."

오민아는 별 감흥이 없어 보였다.

"사랑한다고 했지. 그렇지만 몰라 나는. 그 여자가 정말 나를 사랑했는지, 어떤 사람이었는지. 그저, 그여자는 나에게 관심이 없었고, 결국 죽었지. 그래서 난엄마가 이상했어, 평생. 그 여자의 기억이 있다고는 하는데 도시락을 싸주고, 요리를 해주고, 안아주고, 이상한 노래를 불러주고……."

"그래서 계속 확인을 하신 겁니까?"

"……이상했으니까. 원래 그 여자는 오이에 손도 대지 않았거든."

"제가 기록으로 본 바와 최근 몇 주간 면담을 진행한 결과, 오혜성 씨는 오 이사님께 명확하고도 입증 가능한 애정을 가지고 계십니다. 분명히 원본 기억과 지금 오혜성 씨의 기반 기억이 다르다는 얘깁니다."

나는 옆에 있는 오혜성에게 물었다.

"오이를 못 먹었던 기억이 있나요?"

오혜성은 고개를 끄덕였다.

"오이를 먹지 못하긴 했지만 민아는 오이를 좋아하는 줄 알았습니다. 그래서 만들었습니다. 저는 괜찮습니다. 민아도 싫어하는 줄 알았으면 안 넣었을 텐데……. 저는 민아가 잘 먹는 게 행복해서 확인도 안 해봤습니다. 불찰입니다."

"엄마!" 얼굴을 찌푸리고 오혜성의 말을 듣던 오민아가 결국 폭발했다. "그게 아니라고, 나 그 김밥 좋아해! 몇 번을 먹었는데 그 김밥을."

"그것보다 민아 아픈 데 괜찮습니까? 병원에 가야 하는데."

"아 괜찮아, 괜찮다니까. 내가 이래서 엄마 안 보려고 한 건데."

"내가 옆에 있어야 합니다. 아플 때는 특히나."

"아 괜찮다고! 내가 아직 일곱 살 애기인 줄 아나봐, 진짜 짜증 나."

"괜찮다고 말로만 하지 말고…… 밥은 잘 먹고 있나요?"

"엄마, 제발 엄마 걱정이나 좀 해. 난 좀 내버려두고!"

사춘기를 겪는 열여섯 살 소녀처럼 소리를 지르

던 오민아는 이제 엉엉 울기 시작했다.

"나…… 힘들어. 나 곧 죽는다고. 그것도 짜증 나 죽겠는데, 내가 죽기 전에 엄마 일까지 혼자 처리하느라 얼마나 힘든지 알아? 그래서 그런 거야. 엄마는 내가 죽는 거 보고 싶어? 차라리 욕을 해. 화를 내라고! 왜 그렇게 바보처럼 굴어? 맨날 나만 나쁜 사람 만들지."

"타인에게 바보라고 말하면 안 됩니다. 그리고 저는 화 안 났습니다. 민아 죽는 걸 보고 싶지 않지요, 당연히. 민아 납득은 안 되지만 이해는 합니다. 그래도 타당한 선택지 아닙니다. 어리석은 행동입니다. 아파서 그럴 수 있어요. 나쁜 행동은 아니고, 약한 행동입니다. 이제 같이 있으면 됩니다."

오민아는 오혜성의 말을 듣고 더욱 서럽게 울었다. 나는 박윤우 변호사를 쳐다보았다. 그녀는 이제 자신도 모르겠다는 표정으로 눈을 감고 고개를 흔들었다. 어째서 오민아가 오혜성과 말을 섞지 않는 조건으로 오늘 회의에 참여하겠다는 거였는지 박 변호사도 나도 이해했다. 엄마 앞에서 냉철한 거래를 할 수 있는 자녀는 존재하지 않는다. 오민아는 십여 분 동안 목 놓아 울었다.

어쨌든 내 도박은 성공한 셈이었다. 이미 나는 오민아의 발언들을 모두 녹음하고 녹취까지 완성해놓은 상태니까. 그녀의 성격대로라면 내가 주제넘게 그녀만 아는 사실을 마음대로 떠드는 것을 가만히 보고 있지 않으리라 판단했고, 다행히 내 판단은 틀리지 않았다.

겨우 울음을 그친 오민아는 자신이 발언한 내용의 의미를 깨달은 듯했다.

"뭐야, 내가 그럼 진 건가?"

하지만 그녀는 자신의 행동이나 발언을 후회하는 것 같지 않았다.

"뭐 패배의 정의를 어떻게 내리시느냐에 따라 다르지 않겠습니까." 나는 최대한 순박하게 대답하려고 노력했다. "하지만 이미 기억의 동일성에 대한 의구심을 이사님께서 인정하신 이상, 법원이 혜성 씨의 기억을 삭제하라는 명령을 쉽게 내릴 것 같지는 않습니다만."

박 변호사는 오민아의 뒤에서 주먹을 쥐는 시늉을 했다. 오민아는 오혜성을 바라보더니 한숨을 쉬었다.

"뭔가 부질없네. 모든 게."

"원래 나름대로 머리 쓴 바보짓을 한 걸 엄마에게 들키면 그렇게 느껴지는 법이죠."

오민아는 내 말을 듣더니 웃었다.

"소송은 취하하지. 하지만 내가 죽을 때 엄마가 옆에 있는 건 여전히 싫어."

"그건 두 분이서 대화로 합의점을 찾으셔야 할 문제인 것 같습니다. 변호사들이 대신 해줄 게 아니라."

진심이었다. 애초에 둘이서 해결해야 할 문제일 뿐이었다. 부자들은 모든 일을 과하게 부풀리는 경향이 있다. 애정이 넘쳐서 주체할 수 없다면 그 애정을 다른 대상에게 돌리는 것도 나쁘지 않은 생각이다. 나는 예전부터 떠오른 아이디어를 꺼내놓았다.

"제가 돌봄이 필요한 분홍색 머리카락의 여자아이 한 명을 아는데, 혹시 관심이 있으실까요? 몸이 약간 아프기도 해서 두 분이 도와주셨으면 하거든요."

8

소송 취하라는, 크게 돈이 안 되는 승리를 거두고 돌아가는 길에 오민아가 내게 슬쩍 말을 걸었다.

"너도 로봇이니까 잘 알겠지? 우리 엄마…… 고장 난 게 맞는 거지?"

나는 내가 로봇이 아니고, 안드로이드도 아니고, 사람이며, 단지 해파리를 머리에 넣고 있을 뿐이다…… 등등을 설명하려다가 어차피 그녀가 들을 생각도 없다는 사실을 깨닫고 포기했다.

"아마 카몰릭 오염의 영향일 수도 있습니다…….
제 생각이지만."

오혜성의 인격이 바뀐 데엔 여러 가능성이 있다.
카몰릭 피폭으로 인해 전자두뇌의 신호가 왜곡되었다
거나 신호 해석기관의 기능에 오류가 발생했을 수도, 양
자 회로 자체가 변형되었을 수도 있다.

"역시 그런가."

"하지만 원래 오혜성님의 기억이 제대로 발현된
걸 수도 있죠."

"제대로 발현?"

"그러니까, 인간의 유기체 몸으로는 여러 문제
로 인해 수행하지 못했던 행동이나 감정 표현들이 안드
로이드의 몸으로는 가능했을 수도 있다는 겁니다. 제가
전문가는 아니지만, 그런 사례들도 없지 않아 있으니까
요."

"……."

"아니면 그냥, 오혜성 씨는 이사님을 온전히 사
랑한 겁니다. 자기 것이 아닌 기억과 감정에도 영향 받
지 않고, 프로그램이나 데이터와는 상관없이 당신과 사
랑에 빠진 거죠."

나는 덧붙였다.

"근데 그게 무슨 의미가 있습니까? 모든 선택지가 결국은 오혜성 씨가 이사님을 사랑했다는 결론이지 않습니까."

오민아는 다시 선글라스를 썼다.

"……그래, 그러네."

오민아가 내게 손을 내밀었다. 나는 아마 이제 그녀를 영원히 보지 못할 것이다. 하지만 적어도 혼자이지는 않겠지. 둘 다 말이다. 혼자 남겨지는 것과 혼자 떠나는 것 중에 어떤 선택지가 더 괴로운지 자꾸 계산하는 것은 쓸모없는 짓이다. 그 생각이 나를 감상적으로 만들었는지 해파리가 충동적으로 그녀에게 쓸데없는 얘기를 나불거렸다.

"저도 제 어머니와 은행잎을 주우러 다녔죠. 모양이 온전한 걸 찾아서 납작하게 말린 다음 장식품으로 만들어주셨거든요. 아직도 제 책장에 몇 개가 남아 있습니다. 저는 어머니가 리콜되어 폐기되던 전날까지 어머니와 밤새 이야기를 나눴습니다."

오민아는 리콜이라는 말에 눈을 크게 뜨고 나를 바라보았다.

"그래서 다행이라고 생각합니다. 어머니는 그 밤

에 처음으로 저를 사랑한다고 해주셨거든요. 본인도 그 의미를 알지 못한다고 덧붙이긴 했지만요. 안드로이드는 사람을 이해할 수 없지만 그래도 저를 사랑한다고요. 저는 그날 밤의 기억으로 살아가는 날도 많습니다. 아프지 않은 것은 아니지만 그 기억이 있기에 죽지는 않죠."

오민아는 별말 없이 남은 김밥 반절을 내게 건넸다. 그러고는 오혜성이 타고 있는 자율주행기로 천천히 걸어가 문을 열었다. 나는 뒤돌아서 걷기 시작했다.

김밥 하나를 입에 넣었다. 오이 향이 입 안에 퍼지자 깜빡하고 있던 사실이 떠올랐다. 나도 TAS2R38 유전자 소유자라는 사실을 말이다.

길 건너편에서 도하가 나를 기다리고 있었다. '법과 질서'로 복귀할 시간이었다.

작가의 말

'무뇌 변호사'는 사실 2022년 발표한 「인간의 대리인」이라는 단편에 처음 등장시킨 캐릭터입니다. 무뇌 변호사의 이야기가 특별하다고 생각해주신 분들 덕분에 그가 이름과 서사를, 결과적으로 생명력을 얻게 되어 감사한 마음입니다. 『무뇌 변호사』를 쓰는 과정은, 소설에 등장하는 인물의 생생함은 과연 독자분들에게 달려있다는 사실을 재확인하는 소중한 기회였습니다.

약 이십 년 전, 저는 우연히 대학로에서 〈루카스〉라는 연극을 관람했습니다. 무뇌증을 앓고 있는 아이 '루카스'를 포기하지 않고 십오 일간 정성껏, 사랑을 다해 키우고 그를 하늘나라로 보내준 부부의 이야기로 기억합니다.

당시 저는 그 부부의 선택을 온전히 이해할 수는 없었지만, 그 이야기는 제 뇌리에 깊이 새겨졌습니다. 세월이 흘러 제게도 아이가 생겼을 때 그 부부의 이야기가 다시 생각났습니다. 그리고 이해하게 되었습니다. 그 부부의 심정을 이해하게 되었다기보다, 세상은 이야기보다 복잡하고 의미는 언어보다 깊으며 인간은 그가 하는 선택보다 더 숨어 있는 존재라는 사실을 말입니다.

그렇다면 무뇌증의 아이를 낳을 것인가 말 것인가의 논의가 얼마나 무의미한지요. 만일 루카스가 미래의 기술로 실리콘 뇌를 이식받아 멀쩡히 살아간다고 하면 모든 문제가 해결될까? 하는 생각에서 '무뇌 변호사'의 아이디어가 떠올랐습니다. 그 당시에 마침 『나는 뇌가 아니다』라는 마르쿠스 가브리엘의 책을 읽고 있었던 것도 영향이 컸습니다.

저는 인간의 장기를 하나씩 교체한다면 어디까지 인간으로 볼 수 있을까, 따위의 오래된 SF 질문을 매우 좋아합니다. 안드로이드가 인간의 기억을 갖고 있다면 그 기억의 원 소유주로 간주할 수 있는가, 기계가 자의로 사람을 죽인다면 기계를 '처벌'해야 하는가 등등.

이런 질문들은 루카스를 낳은 부부들에게 쏟아지던 수많은 질문과 그 궤가 같다고 생각합니다. 쉽게 답을 할 수 없으니까요.

　저는 이 질문들에 답하기 어려운 이유는 질문 자체가 잘못되었기 때문이라고 생각합니다. 그럼에도 불구하고 이런 질문들이 재미있는 이유는, 바로 그들이 우리가 어떤 존재인지 정확히 비춰주기 때문입니다. 모든 것을 인간 중심으로 환원해야 직성이 풀리는 우리들의 고집스러움이 그대로 드러납니다.

　저는 이 고집스러운 인간의 이야기들을 사랑합니다. 호랑이를 형이라고 부르던 뻔뻔한 나무꾼의 이야기부터 기계나 외계인을 비롯한 모든 존재와 사랑하고 증오하는 최신의 SF 이야기까지, 인간의 이기심은 이야기 속에서는 사랑스럽습니다. 그래서 최대한 '무뇌 변호사'의 입을 빌려 애정할 만한 인간의 이야기를 하고 싶었습니다. 이기적이고 욕심은 많지만 스스로를 사랑할 수 없어서 기계로부터나마 사랑을 갈구하는 그런 존재들의 이야기를요. 성공적이었는지는 독자분들만이 아실 것입니다.

　등장인물 중 하나인 조가람 교수에게 이름을 빌

려준 저의 남편, 진짜 조가람 교수에게 감사의 마음을 전합니다. 그의 응원이 없었다면 저는 평생 글을 쓸 생각을 하지 못했을 것입니다.

그리고 보잘것없는 원고를 받아주시고 초인적인 인내심으로 저를 도와주신 네오픽션 편집부 모두에게 감사를 드립니다.

일산에서,

신조하

네온사인 03

무뇌 변호사
© 신조하, 2024

초판 1쇄 인쇄일 2023년 12월 28일
초판 1쇄 발행일 2024년 1월 10일

지은이 • 신조하

펴낸이 • 정은영
편집 • 박진혜 박서령
디자인 • 박정은
마케팅 • 이언영 연병선 한정우 윤선애
　　　　최문실 최혜린 이유빈
제작 • 홍동근
펴낸곳 • 네오북스
출판등록 • 2013년 4월 19일
제2013-000123호
주소 • 서울시 마포구 양화로6길 49
전화 • 편집부 (02)324-2347
경영지원부 (02)325-6047
팩스 • 편집부 (02)324-2348
경영지원부 (02)2648-1311
이메일 • neofiction@jamobook.com

ISBN 979-11-5740-389-9 (03810)